Finale am Lietzensee

Für Carlou

Irene Fritsch

Finale am Lietzensee

Roman

: TRANSIT

Prolog

Eine Laube in der Kleingarten-Kolonie am S-Bahnhof Westkreuz, mit Holzläden verrammelte Fenster, kalte, abgestandene Luft, kein Laut zu hören.

Der Mann liegt angezogen auf der Pritsche und starrt an die Decke. Neben ihm steht ein kleiner Pappkoffer, der braune Mantel flüchtig darüber geworfen.

Ein Klopfen zerreißt die tiefe Stille.

Der Mann rührt sich nicht. Nochmal Klopfen, jetzt mit beiden Händen, dann verhaltene Rufe: »Richard, hörst du mich? Mach auf!« Dringender: »Bitte! Mach doch auf!«

Andauerndes Hämmern.

Endlich erhebt sich der Mann, geht langsam zur Tür und schiebt den Riegel zurück. Schnell schlüpft ein zierliches junges Mädchen in einem grauweißen Kaninchenmantel hinein und schließt wieder die Tür. Sie packt den Mann an den Armen und schüttelt ihn, während sie hastig auf ihn einredet: »Warum bist du noch nicht weg? Der Zug geht in drei Stunden! Du mußt sofort los! Es ist weit bis zum Lehrter Bahnhof, und keiner weiß, wie schnell man durchkommt! Denk an den gestrigen Angriff! Gott sei Dank fährt die S-Bahn wieder! Ich habe mich erkundigt. Komm jetzt!«

Der Mann schüttelt den Kopf. Mit einer raschen Bewegung macht er sich los und tritt einen Schritt zurück. Entschlossen kommt seine Antwort: »Ohne Johanna fahre ich nicht!«

»Nicht so laut! Man darf dich nicht hören!« Das Mädchen blickt ihn zornig an und ihre Augen füllen sich mit Tränen. »Sei nicht so starrsinnig und dumm!« sagt sie nun mit erregter Stimme, ohne Rücksicht auf mögliche Lauscher. »Johanna ist in Sicherheit. Du weißt, wir müssen noch auf ihre Papiere warten. Du hilfst ihr nicht, wenn du hier bleibst. Im Gegenteil, du bringst sie nur unnötig in Gefahr.«

Und während sie den Mantel vom Koffer reißt und in seine Hände drückt, spricht sie energisch weiter: »Du wirst dich jetzt so verhalten, wie wir es abgesprochen haben. Auf Wilhelm ist Verlaß, er kümmert sich um Johanna. Spätestens in zwei Wochen ist sie bei dir. Jetzt mach nicht alles kaputt, was wir mühsam aufgebaut haben!«

Da endlich bewegt sich der Mann. Mit einem Seufzer zieht er den Mantel an. »Du hast ja recht, Ulla!« murmelt er resigniert, »ich geh ja schon!« Und düster fügt er hinzu: »Aber eines sage ich dir. Ich traue Wilhelm nicht!«

1

»Tschüß, ich geh dann!«

Anna gab Martin, der im Arbeitszimmer vergraben zwischen Computer, Akten und Büchern sein Seminar vorbereitete, einen Kuß auf den Hinterkopf. Sie wußte genau, was jetzt folgte. »Wo gehst du hin?« »Zum Chor! Heute ist Mittwoch!«

»Na, dann viel Spaß! – Ich bin übrigens ziemlich groggy, wahrscheinlich bin ich schon im Bett, wenn du kommst!«

Anna lachte in sich hinein. In zwei Stunden würde er noch genauso dasitzen und ganz überrascht sagen: »Ach, da bist du ja schon wieder! Wie schnell die Zeit vergeht!«

Jetzt drehte er sich aber zu ihr um und fragte leicht beunruhigt: »Und Max?« »Schläft schon. Um den brauchst du dich nicht zu kümmern!«

»Na gut, also bis nachher!« – und schon versank er wieder in seinen Papieren.

Es war kurz nach halb acht, ein warmer Abend nach einem heißen Tag. Anna trat schnell aus dem Haus und ging nach links durch den Torweg in den Hof. Sie war einunddreißig Jahre alt, groß und schlank, mit weißem T-Shirt und kurzem Blümchenrock bekleidet. Trotz ihrer beträchtlichen Körpergröße trug sie Schuhe mit hohen Absätzen und türmte aus ihren langen Haaren eine hochgesteckte Frisur, um noch größer zu wirken. Nicht der einzige, aber auch einer der Gründe, warum sie sich in Martin so schnell verliebt hatte, war die Tatsache, daß er ihr erster Freund war, der sie fast um Haupteslänge überragte.

Im Hof schloß Anna ihr Rad los, das jahraus jahrein Wind und Wetter ausgesetzt war und entsprechend aussah. Schon vormittags hatte sie festgestellt, daß vorne die Lampe fehlte, vermutlich abgerissen von irgendeinem Dummkopf. Martin mußte also wieder einmal reparieren, aber es tat ihm wahrscheinlich sogar ganz gut, zum Ausgleich für seine Schreibtischarbeit sich mit den praktischen Dingen des Lebens zu beschäftigen. Anna hörte innerlich schon die Stimme ihrer Freundin Carla: »Wieso machst du dich denn so von den Männern abhängig? Das könntest du doch auch allein!« und ihre regelmäßige Antwort: »Kann ich nicht, will ich auch nicht. Du weißt doch, ich bin nicht so emanzipiert wie du!«

Sie schwang sich aufs Rad und radelte die Wundtstraße um den Lietzensee herum und dann in die Herbartstraße, eine Einbahnstraße, die sie immer schon in entgegengesetzter Richtung befuhr. Nach wenigen Minuten erreichte sie die evangelische Kirche, die auf der linken Seite der Straße am Park lag.

Zeit ihres Lebens wohnte Anna hier in Berlin am Lietzensee, früher als Kind in einem Haus in der Dernburgstraße gegenüber der Großen Kaskade, wo heute noch ihre Eltern lebten. Seit vier Jahren, seit sie mit Martin zusammengezogen war, sie geheiratet und Max bekommen hatten, auf der anderen Seite des Sees in der Wundtstraße.

Anna liebte diese Gegend und vor allem auch ihre Wohnung. Im Gegensatz zu den meisten großartigen Altbauten um den See aus der Zeit vor dem Ersten Weltkrieg mit Parkett, üppigem Stuck und Räumen im Ausmaß von Tanzsälen wurde ihr Haus erst in den zwanziger Jahren errichtet, in denen man die Wohnungen kleiner und bescheidener ausstattete. Aber für ihre Verhältnisse lebten sie geradezu luxuriös in den vier geräumigen Zimmern mit einem Holzfußboden aus weicher märkischer Kiefer, in den sich jeder spitze Absatz gnadenlos eingrub.

Konkurrenzlos war der Blick aus den Fenstern zum Park hin. Im Sommer sah man nichts außer dem dichtem Grün der Bäume und konnte an den verschiedenen Farbschattierungen der Blätter botanische Studien treiben. Annas Kenntnisse über die unterschiedlichen Baumarten im Park waren bescheiden, aber sie hatte auf einer Führung erfahren, daß neben den üblichen Eichen, Kastanien, Platanen und Ahornbäumen noch zahlreiche andere, auch exotische Gehölze im Park angepflanzt waren, wie mehrere Götter- und Tulpenbäume und sogar zwei kaukasische Flügelnußbäume.

Die Zeit der Lindenblüte genoß Anna besonders. Dann riß sie die Fenster auf, damit der süße Duft der großen Linde, die direkt gegenüber ihrer Wohnung am Parkeingang stand, sich in der Wohnung ausbreiten konnte.

Der Winter dagegen bescherte einen Panoramablick. Zwischen den kahlen Ästen der Bäume sah man die Wiesen und Wege des Parks, den See, die Häuser des gegenüberliegenden Lietzensee-Ufers, links sogar das Kammergericht am Witzlebenplatz, das nach Anbruch der Dunkelheit angestrahlt wurde und wie ein Märchenschloß aussah. Wandte man sich nach rechts, fiel der Blick auf die Neue Kantstraße und die Jugendstilbrücke aus rotem Sandstein, die den See überquert.

Nostalgische Gefühle aber kamen bei Anna auf, wenn der See zugefroren war. Wie vor hundert Jahren – Anna kannte entsprechende Ansichtskarten – herrschte reges Treiben auf dem Eis, wo Schlittschuhläufer und Spaziergänger eine friedliche Gemeinschaft bildeten. Leider aber »schimmerte bei Dunkelheit« kein »Licht von Bogenlampen« mehr und es huschten zwar lange Schatten hin und her, ohne sich allerdings zu »biegen und schmiegen im Takte der Musik«, wie Anna entzückt in einem alten Buch über Charlottenburg von 1909 gelesen hatte. Heutzutage führte das Hotel Seehof bisweilen diese Tradition fort. Kellner schenkten dann unterhalb des Hauses am See an einem langen Tisch Kaffee, heiße Schokolade und den unvermeidlichen übelriechenden Punsch aus, schalteten bei Dämmerung einen Scheinwerfer an, der romantisch diesen Teil des Sees beleuchtete, und ließen neben meist rockiger Schlagermusik auch mal einen Walzer erklingen oder sogar Klassisches.

Vor der Kirche angekommen, betrat sie das Gemeindehaus. Natürlich wieder zu spät, rannte sie die breite Treppe zum Gemeindesaal hinunter. Man war schon beim Einsingen. Anna schlüpfte zum Alt und begann noch etwas außer Atem mit p-t-k, so-so-so- usw. und lächelte dabei entschuldigend zu Kerstin hinüber, ihrer so zart wirkenden Chorleiterin, die aber besonders bei Verspätungen sehr ungemütlich werden konnte.

Die großen Fenster des Saals standen noch offen, es dämmerte schon. Man hörte die gedämpften Stimmen der Spaziergänger und sah im Halbdunkel die Jogger ihre Runden drehen. Anna genoß alles, sie sang gern, besonders in dieser Kirche und in diesem Chor.

In der Pause kam Philipp zu ihr, ein dunkler, drahtiger Baß, von Beruf Architekt. Sie kannten sich schon eine Ewigkeit. »Willst du eigentlich noch immer das Kammergericht von innen sehen?«
»Na klar! Wieso?«

Das Gerichtsgebäude am Lietzensee – Reichsmilitärgericht, Reichswirtschaftsamt, Nazi-Kriegsgericht, provisorisches Bezirksamt 1945, provisorisches Kammergericht bis 1995, dann leerstehend – kannte Anna aus Büchern recht gut, aber das Innere des Hauses hatte sie noch nie betreten. Seit November 1974, nach dem Mord an dem Präsidenten des Kammergerichts, Günter von Drenkmann, durch RAF-Terroristen, war das Gerichtsgebäude für den unkontrollierten Publikumsverkehr gesperrt und stand unter ständiger polizeilicher Bewachung. Damals war Anna gerade drei Jahre alt. Später, nach der Wiedervereinigung und dem Abzug der Aliierten aus Berlin 1994, zog das Kammergericht wieder in sein ursprüngliches Haus am Kleistpark zurück. Jetzt stand das Gebäude am Lietzensee leer, aber niemand durfte es betreten. Ab und zu wurden dort Filme gedreht.

Erwartungsvoll blickte Anna zu Philipp, als er sagte: »Die Bundesbaubehörde hat dort nämlich ein paar Räume gemietet für eine Ausstellung über verschiedene Planungen in der Hauptstadt. Morgen ist die Eröffnung. Ich gehe hin, wenn du willst, kann ich dich mitnehmen.« »Natürlich komme ich mit!«

Als sie kurz nach halb zehn, wegen der fehlenden Lampe auf dem Bürgersteig radelnd, wieder zu Hause ankam, saß Martin natürlich noch genauso zwischen seinen Papieren. Mit einem erwartungsgemäßen: »Ach, da bist ja schon wieder! Wie schnell die Zeit vergeht!« hob er den Kopf, stand auf und streckte sich: »Ich mache jetzt Schluß, aber ich bin gut vorangekommen!«

Martin nahm sein Bierglas, Anna goß sich Wein ein. Sie setzten sich auf ihre Bank auf dem Balkon, zündeten ihr Windlicht an und schauten auf die dunklen Bäume des Parks. Leise unterhielten sie sich und genossen den warmen Sommerabend.

2

Am nächsten Tag parkte Anna pünktlich um 18 Uhr ihr Fahrrad vor dem Kammergericht. Ohne klare Vorstellung über eine Kleiderordnung an diesem Abend hatte sie sich für ein knallrotes T-Shirt-Kleid entschieden. Allerdings mußte sie beim Fahrradfahren ständig an ihrem Rock zerren, um allzu tiefe Einblicke auf ihre Beine zu verhindern.

Philipp war noch nicht da. Anna ließ ihren Blick, wie schon so oft, über die Fassade des Gebäudes gleiten, das 1912 in einem Stilgemisch aus Neobarock und Klassizismus errichtet worden war. Das imposante, dennoch harmonische Gebäude, das auch heute noch das Selbstbewußtsein und den Reichtum der Stadt Charlottenburg ausstrahlte, gefiel ihr. Charlottenburg war bis zu seiner Eingemeindung in Groß-Berlin 1920 die nach Wiesbaden reichste Stadt des Deutschen Reiches und konnte sich daher großartige öffentliche Gebäude leisten. So hatte das Kammergericht, damals als Reichsmilitärgericht gebaut, nicht nur eine prunkvolle Hauptfassade, sondern gleich zwei. Die günstige Lage des Grundstücks bewog die Architekten, das Haus in zwei Teilen zu bauen, verbunden durch Gänge und einen großen Festsaal. Zum Park hin stand das Palais des Präsidenten mit den entsprechenden Wohn- und Personalräumen, zur Witzlebenstraße hin das eigentliche Gerichtsgebäude mit Kanzleiräumen und dem großen Sitzungssaal. Beide Eingänge waren je nach Funktion ihres Gebäudeteils – Villa und Gerichtsgebäude – prächtig gestaltet.

Jetzt kam Philipp angeradelt. Er trug wie immer ein offenes Hemd und zerknitterte Leinenhosen. Nach kurzer freundschaftlicher Begrüßung traten beide durch das große schmiedeeiserne Tor am Witzlebenplatz in den Vorhof des Gebäudes.

Die Ausstellung fand in den ehemaligen Wohnräumen des Präsidenten statt, die im ersten Stock zum Park hin lagen. Sie stiegen also in der Durchfahrt nach links die Treppe hinauf, die durch die ehemalige Garderobe direkt in den langgestreckten Vorsaal führte. Von diesem gingen rechts drei große Räume ab, die alle eine Tür zu der davorliegenden Terrasse hatten: das Herrenzimmer, der Salon und das Damenzimmer. Rechts vom Vorsaal aus kam man in den großen, zweigeschossigen, also sehr hohen Fest- und Plenarsaal, der die Verbindung zwischen dem Wohntrakt und dem eigentlichen Gerichtsgebäude bildete.

Die Ausstellungsgegenstände – Schrifttafeln, Fotos, Modelle usw. – befanden sich in den Salons und im großen Festsaal, im Vorsaal hatte man ein kleines Büfett aufgebaut.

Philipp grüßte in verschiedene Richtungen. Er kannte viele Besucher und stellte einigen Anna vor, die ihn um einen halben Kopf überragte, mit: »Frau Kranz, eine gute Bekannte von mir!« Freundliche, neugierige Blicke trafen sie und sie strahlte zurück. Sie wußte genau, was Philipps Bekannte dachten, wenn er wieder mal mit einer neuen Freundin erschien: »Wo hat der bloß immer die schönen Frauen her?«

Jetzt begann die Veranstaltung im Festsaal. Anna ließ Begrüßung und Ansprachen über sich ergehen, hörte nur mit halbem Ohr zu. Stattdessen betrachtete sie den fast unverändert erhaltenen, im Jugendstil gestalteten Festsaal mit den beiden großartigen Kronleuchtern an der Decke und genoß das ganze Ambiente. Ihr Blick fiel auf die Wand am Ende des Festsaals, die mit dunklen Tüchern verhängt war. Anna hatte gelesen, daß man durch die dahinterliegenden Türen das eigentliche Gerichtsgebäude betreten konnte. Erfreut entdeckte sie ein kleines Schild »Toiletten«, also war hinter den Vorhängen mindestens eine Tür für die dahinterliegenden Toiletten geöffnet.

Inzwischen hatten die Ansprachen ein Ende gefunden, die Besucher liefen jetzt herum, guckten und fachsimpelten. Anna, die vorerst alles gesehen hatte und sich zu langweilen begann, verabschiedete sich von Philipp und verließ das Kammergericht sehr zufrieden. Morgen würde sie, wenn Max seinen Mittagsschlaf machte, nochmal hierherkommen und versuchen, den Gerichtstrakt zu betreten.

3

Auch der Freitag begann mit Sonnenschein und angenehmer Wärme. Familie Kranz saß auf dem Balkon und frühstückte. Martin, Germanist an der Freien Universität, hatte gerade seine Promotion zu dem Thema »Der Briefwechsel zwischen Rainer Maria Rilke und der russischen Dichterin Marina Ivanovna Zwetajewa« abgeschlossen. Fünf Semester hatte er daran gearbeitet, geforscht und geschrieben, sogar seine Grundkenntnisse in Russisch wieder aufgefrischt, die er sich damals in Cottbus auf der Erweiterten Oberschule erworben hatte. Für den Rilke-Bewunderer Martin war die Arbeit an seiner Promotion eine Zeit purer Euphorie gewesen, der jetzt allerdings eine Phase der Ernüchterung gefolgt war. Sein Arbeitsvertrag lief in Kürze aus, und trotz verschiedener Bewerbungen, auch an anderen Universitäten, hatten sich noch keine neuen Perspektiven ergeben. Das kommende Wintersemester bedeutete noch eine Schonfrist, aber wenn er bis dahin nichts gefunden hatte, war er arbeitslos. Anna, Lehrerin, sah die Sache lockerer: »Dann arbeite ich, und du wirst Hausmann! Ganz einfach!«

Heute begann Martins Seminar erst am späten Vormittag, daher hatte er zur Feier des Tages Brötchen geholt. So mümmelte der zweijährige Max jetzt an seiner Lieblingssorte mit Kürbiskernen und hämmerte dabei genüßlich mit einem Löffel auf den Tisch. Als ihn Anna wegnahm, während sie gerade in der Zeitung einen Artikel über Sparmaßnahmen im Schulbereich überflog, rief Max empört: »Mein Löffel!«

Martin warf einen anerkennenden Blick auf seinen Sohn: »Er spricht wirklich von Tag zu Tag mehr.«

Anna ließ die Zeitung sinken und bedachte ihren Sprößling mit verliebten Blicken: »Wie gut, daß er das noch nicht versteht, aber ich muß sagen, er ist wirklich viel klüger als andere Kinder!« »Selbstverständlich – und zwar ganz objektiv!« fügte Martin hinzu. Beide lachten. »Und? – Was macht ihr beiden heute?« »Nichts besonderes. Mittags will ich nochmal ins Kammergericht.«

Martin nickte, während er nach der Zeitung griff. Manchmal staunte er, wie aktiv sie immer war, obwohl sie wegen Max Erziehungsurlaub genommen hatte. Aber sie machte nie den Eindruck, sich zu langweilen oder im Haushalt zu versauern. Außerdem fand sie immer noch Zeit zum Klavierspielen, was er besonders liebte.

Nachdem Martin losgefahren war, Anna aufgeräumt und den Geschirrspüler angestellt hatte, fragte sie ihren Sohn: »Wollen wir Frau Körner besuchen?« Max strahlte, sagte in seiner Kleinkindsprache entschieden: »Körner besuchen!« und marschierte schon zur Tür.

Frau Körner wohnte eine Etage über ihnen. Anna hatte mit den Hausbewohnern guten Kontakt, aber zu Frau Körner ein besonderes Verhältnis. Sie war früher eine an vielem interessierte und unternehmungslustige Frau gewesen trotz ihrer mehr als achtzig Jahre. Ihr einziger Sohn, mit dem sie fast täglich telefonierte und der sie auch häufig besuchte, verdiente in seiner Privatklinik in Hannover als renommierter Chirurg seinen nicht eben bescheidenen Lebensunterhalt.

Vor drei Jahren war Frau Körner, als sie nach einem Kino-Besuch im »Delphi« mit dem Bus nach Hause fahren wollte, beim Einsteigen unglücklich gestürzt und hatte sich den Oberschenkelhals gebrochen. Trotz intensiver ärztlicher Bemühungen war sie seit dieser Zeit schwer gehbehindert und verließ jetzt nur noch selten ihre Wohnung. Obwohl eine Altenpflegerin Frau Körner betreute und sie gut versorgt schien, litt sie sehr unter ihrer Gebrechlichkeit und klagte ständig, daß sie nur noch durch den Fernseher am Leben teilnehmen könne.

Anna hatte sich angewöhnt, ab und zu nach ihr zu sehen, kleine Einkäufe für sie zu erledigen oder sich einfach mit ihr zu unterhalten. In zwei Punkten übertraf Frau Körner nämlich alle anderen Bewohner des Hauses. Sie war nicht nur die Älteste, sondern sie lebte auch seit ihrer Geburt in dieser Gegend: zunächst im Horstweg, dann zog sie, noch ein Kind, mit ihren Eltern 1925 in eine Wohnung dieses gerade errichteten Hauses in der Wundtstraße, die damals noch Königsweg hieß. Nach dem Zweiten Weltkrieg war sie dann noch einmal innerhalb des Hauses in eine kleinere Wohnung umgezogen.

Für Anna bedeutete die alte Nachbarin eine nie versiegende Quelle der Information und Unterhaltung. Frau Körner kannte nämlich sämtliche Lietzensee-Geschichten seit den zwanziger Jahren aus eigenem Erleben. Außerdem hatte sie ein fabelhaftes Gedächtnis und konnte sich an viele Einzelheiten erinnern. Lebhaft zählte sie beispielsweise hintereinander sämtliche Läden ihrer Kindheit zwischen dem Kaiserdamm und der Neuen Kantstraße auf. Anna konnte nur staunen über die vielen Drogerien, Schreibwarengeschäfte, Bäckereien, Fleischereien, Zigarrenläden und Kolonialwarengeschäfte, die damals in einer supermarktlosen Zeit überall das Straßenbild belebten und zur nachbarschaftlichen Nähe beitrugen.

Schwieriger war es, etwas über private Erlebnisse in der Nazi- und Kriegszeit zu erfahren. Sicher, mit ironischem Unterton erzählte Frau Körner von den Besuchen eines geschniegelten Hermann Göring im Nachbarhaus Anfang der dreißiger Jahre, der seine dort wohnende Freundin Emmy Sonnemann besuchte. Eine Stunde lang mußte dann der Chauffeur seine auffällige schwarze Limousine bewachen und sich die kleinen Jungens vom Hals halten, die sich um den Wagen scharten, tausend Fragen zu den technischen Daten hatten und sich am liebsten hineingesetzt hätten.

Frau Körner erinnerte sich auch an die bombastische Beflaggung des Königsweges mit Hakenkreuz-Fahnen, wenn eine Fahrt des »Führers« zum Messegelände bevorstand, oder an das Ecklokal Kaiserdamm, Ecke Witzlebenplatz, um das sie einen großen Bogen machte, seit dieses Stammlokal der SS vom Lietzensee war.

Mit persönlichen Erinnerungen ihres Lebens während des Krieges, erst recht vom Kriegsende, das sie hier in dem Haus erlebt hatte, hielt sie sich aber zurück. »Das ist, Gott sei Dank, alles vorbei. Seien Sie froh, Anna, daß Sie damit nichts zu tun hatten. Es war schrecklich, und ich will gar nicht darüber sprechen!«

Auch das Thema Ehe war tabu. Nie redete sie über den Vater ihres Sohnes, nannte ihn nur einmal kurz einen »Fehlgriff«.

Anna stieg mit Max die Treppe hinauf. Ihre Hand hatte er mit einem energischen »allein« zurückgewiesen. Geschickt, sich kaum mehr am Geländer festhaltend, bewältigte er die vielen Stufen.

Oben angekommen reckte er sich hoch zu Frau Körners Klingel und drückte auf den Knopf. Stolz drehte er sich zu Anna um, denn dieses Kunststück beherrschte er erst seit kurzer Zeit.

Es dauerte eine Weile, bis Frau Körner die Tür öffnete, eine kleine, zierliche Frau mit weißen Löckchen, wie gewöhnlich mit einer beigefarbenen Hemdbluse und einem bequemen Wollrock bekleidet. Heute trug sie auch ihre dicke Perlenkette, für Anna ein untrügliches Zeichen für Wohlbefinden, denn in schlechten Tagen verzichtete sie auf diesen Schmuck. Tatsächlich sah sie auch gar nicht so müde aus wie sonst.

Frau Körner begrüßte erfreut ihren Besuch. »Guten Tag, ihr beiden!« Einladend wedelte sie mit ihrem Stock und trat ein Stück beiseite.

Anna hatte nicht viel Zeit, aber ohne Hereinkommen ging es natürlich nicht. Max eilte wie immer in das Wohnzimmer, baute sich vor dem Schrank auf und sagte, seine großen Augen bittend auf Frau Körner gerichtet: »Keks«. Frau Körner liebte den Zweijährigen über alles. Sie streichelte Max über die blonden Haare, gab ihm in jede Hand einen Keks und freute sich, wie er daran herumknabberte.

Anna drängelte vorsichtig: »Ich muß jetzt einkaufen, soll ich Ihnen etwas mitbringen?« »Danke, nein, ich brauche nichts. Wie geht es denn sonst?« Frau Körner wollte sich natürlich ein bißchen unterhalten. »Ach, wie immer. – Ich habe heute leider nicht soviel Zeit, Frau Körner. Aber ich komme bald mal, dann trinken wir eine Tasse Kaffee zusammen.«

Es war mittlerweile halb zwölf und Anna mußte sich nun wirklich beeilen, damit Max pünktlich ins Bett kam. Trotz seines Protestgeschreis »allein, allein« ergriff sie ihn, fuhr mit dem Fahrstuhl hinunter, stopfte ihn in den Kinderwagen, der unten im Hausflur stand, und begann nun endlich mit der Ausübung ihrer »hausfraulichen Pflichten«.

Zwei Stunden später, der Sohn schlief inzwischen in seinem Bettchen, schwang Anna sich wieder auf ihr Rad und fuhr durch den Park nun zum zweiten Mal zum Kammergericht.

Das Interesse der Veranstalter an Besuchern schien nicht sehr ausgeprägt zu sein. An dem großen Holzportal hing ein unscheinbares Plakat als einziger Hinweis auf die Ausstellung. Anna ging wieder über den Hof, die Treppe hoch in den Vorsaal. Kein Mensch weit und breit, nur in einer Ecke saß an einem kleinen Tisch ein aufsichtführender Student, der kurz aufblickte, ein uninteressiertes »Hallo« murmelte und weiter in seiner »taz« las. Der würde sie bestimmt nicht daran hindern, vom rechten Wege abzugehen. Trotzdem war Anna vorsichtig. Langsam schlenderte sie in den großen Saal und erst, als sie sich nicht mehr im Blickfeld des Studenten befand, ging sie mit schnellen Schritten zur hinteren Wand. Das »Toilette»-Schild war zwar entfernt, aber die Tür hinter dem Vorhang stand zum Glück offen.

Hier endete der repräsentative Teil des Hauses und das Dienstgebäude begann, das wußte sie, aber sie war trotzdem über den großen Unterschied beider Gebäudeteile überrascht. Keine festlichen Räume und vornehme Salons mit Stuck, sondern zwei lange, fast schmucklose Flure. Langsam ging sie den rechten hinunter. Auf beiden Seiten des Flures lagen in gleichmäßigen Abständen unendlich viele Räume. Alle Türen standen offen. Die sauber gefegten Zimmer waren völlig leer. Nur in einem stand ein vergessenes Telefon auf dem Boden. Durch die großen Fenster schien die Sonne hell herein. Anna betrat einen Raum und blickte aus dem Fenster. Der zweite Innenhof, stellte sie fest. Es herrschte absolute Stille. Anna ging weiter, bis sie am Ende des Ganges zu einer Treppe kam, die nach unten führte. Sie stieg hinunter und befand sich nun in der großen Eingangshalle des Dienstgebäudes an der Witzlebenstraße. Im Gegensatz zu den sonnendurchfluteten oberen Räumen herrschte hier fast Dunkelheit. Von der schattigen Straße her drang nur wenig Licht durch die Fensterscheiben des großen Eisenportals. Anna blieb im Dunkeln davorstehen, schaute auf das gegenüberliegende Gebäude der Lietzenseegrundschule und sah Passanten vorübergehen, die sie natürlich überhaupt nicht wahrnahmen.

Als sie die Treppe wieder hochstieg, ärgerte sie sich über sich selbst, weil sie keinen Fotoapparat mitgenommen hatte. Also mußte sie noch einmal wiederkommen, und zwar diesmal mit ihrer Freundin Carla.

Nun machte sie sich auf den Rückweg, stieg aber eine andere Treppe hinab, die ebenfalls hinunter zur Durchfahrt führte. Unten angekommen, verließ Anna wieder das Gebäude. Falls der Student dachte, die wahrscheinlich einzige Besucherin des Tages habe sich in Luft aufgelöst, mußte er mit diesem Problem allein fertig werden.

Anna kannte Carla Borkmann seit ihrer Schulzeit. Sie waren schon immer genau die »besten Freundinnen« gewesen, denen die Frauenzeitschriften in regelmäßigen Abständen lange Artikel widmeten. Dank ihrer Körpermaße – »mollig«, »fraulich« oder »üppig« waren die erlaubten Vokabeln für ihre Figur – und ihrer lebhaften Art war Carla eine auffallende Erscheinung, wozu auch ihre je nach Laune schwarz oder hennarotgefärbte lange Mähne und ihre Kleidung im modischen Schlabber-Look, verziert mit farbenfrohen Schals und Ketten, beitrugen. Carla war unverheiratet und hatte trotz zahlreicher Versuche noch nicht den Mann fürs Lebens gefunden. Sie verliebte sich immer in dieselbe Sorte von Männern, in gutaussehende, aber uninteressante und selbstverliebte Macho-Figuren.

Einerseits genoß Carla ihr ungebundenes Leben, andererseits hörte natürlich auch sie mit ihren zweiunddreißig Jahren die biologische Uhr ticken und beneidetete dann fein lächelnd Anna um ihr »kleines Spießerglück«. Ganz verrückt war Carla nach Max, ihrem Patenkind, und verbrachte viele Nachmittage mit ihm. Sie konnte überhaupt gut mit Kindern umgehen und war nach Annas Meinung die ideale Lehrerin. Carla lebte seit Jahren in einer Altbauwohnung am Savignyplatz im alten Szeneviertel von Westberlin, das sie mindestens so liebte wie Anna ihren Lietzensee. »Hallo, Carla, hier ist Anna. Hast du am Montag Zeit ?« Anna wußte, daß Carla montags nur zwei Stunden hatte.

»Ja, gerade noch. Was gibt es denn?«

»Wieso gerade noch?« fragte Anna verdutzt.

»Ich fahre eine Woche mit meiner Klasse an die Müritz zum Zelten und Paddeln, habe ich dir doch erzählt!«

»Das hatte ich ganz vergessen. Wann geht es denn los?«

»Mittwoch früh. Aber nun sag schon, was willst du?«

»Du mußt für mich fotografieren!«

Fotografieren war Carlas Leidenschaft. Sie war eine professionelle Hobbyfotografin, falls es so etwas gab. Am liebsten fotografierte sie ihre Schüler und zeigte bei fast jedem Treffen neue Bilder ihrer Lieblinge in allen Lebens- und Gefühlslagen, so daß Anna sich manchmal fragte, wann sie eigentlich Zeit zum Unterrichten fand.

Jetzt teilte sie Carla ihre Absicht mit, heimlich im Kammergericht zu fotografieren. Sie verabredeten sich für Montag vormittag um elf Uhr.

4

Nach dem Gewitter am Vortag hatte es sich abgekühlt, und der Himmel hing voller Wolken, ideales Wetter zum Joggen.

Seit Jahren liefen Anna und Martin regelmäßig im Park. Seit aber Max das Licht der Welt erblickt hatte und die glücklichen Eltern nicht mehr selbst Herr ihrer Zeit waren, sondern ihren Tagesablauf nunmehr vorwiegend nach den Bedürfnissen ihres Sohnes einrichten mußten, entfielen die gemeinsame Läufe. Anna hatte sich angewöhnt, vor dem Frühstück zu joggen, während Martin meistens am späten Nachmittag oder abends seine Runden drehte.

Also lief Anna in einer langen Jogginghose und kurzärmeligem T-Shirt gegen halb acht über die Straße in den Park. Sie hatte ihre Standard-Route: links den Berg hinunter, dann am speertragenden Jüngling und Fußballplatz vorbei durch den Tunnel in den anderen Teil des Parks, wieder zurück, um die Schillerwiese herum und dann noch einmal dieselbe Runde. Sie rannte locker und entspannt und atmete tief die frische, nach dem Regen spürbar gereinigte Luft ein. Wie immer um diese Tageszeit bevölkerte neben vereinzelten Spaziergängern mit oder ohne Hund eine eingeschworene Jogger-Gemeinde den Park.

Als Anna aus dem Tunnel in den zweiten Teil des Parks einbog, hörte sie ganz in der Nähe den schrillen Klang von Polizeisirenen, und im selben Augenblick sah sie zwischen den Sträuchern einen Funkwagen den schrägen, treppenlosen Weg von der Neuen Kantstraße herunter in den Park fahren und geradeaus weiter in Richtung der evangelischen Kirche und des Gemeindehauses, deren Rückseiten hier in den Park hineinragten. Irgendetwas mußte dort passiert sein. Anna, ganz und gar kein Anhänger von Katastrophen-Tourismus, lief erstmal etwas langsamer. Als sie allmählich in die Nähe des Gemeindehauses kam, sah sie an dem Platz davor viele Autos stehen, Feuerwehr-, Notarzt- und weitere Funkwagen, alle mit eingeschaltetem Blaulicht. Das Gelände drumherum war weiträumig mit einem rotweißen Plastikband abgesperrt. Zwei Sanitäter kamen gerade von der Treppe der Brücke herunter, die über den Hohlweg führte. Sie trugen auf einer Trage einen mit einer Plane bedeckten Menschen, eine Frau, wie Anna an ihren noch sichtbaren Schuhen erkennen konnte.

Mehrere Jogger waren stehengeblieben und beobachteten das Geschehen. Anna stellte sich dazu und fragte in die Runde: »Was ist denn hier passiert?«

Ein vor Schweiß triefender Mann mittleren Alters antwortete: »Eine Frau ist die Treppe hinuntergestürzt. Der Mann dahinten, der bei den Polizisten steht, hat sie gefunden.« »Und gleich tot? Bei dieser kurzen Treppe?« wunderte sich Anna. »Es war eine sehr alte Frau«, mischte sich ein junges Mädchen ein, ebenfalls noch außer Atem vom Laufen, »ich habe sie gesehen. Vielleicht hat sie das Gleichgewicht verloren.« »Vielleicht hat sie ja auch jemand gestoßen und sie ist ermordet worden!« hörten sie hinter sich eine Stimme. Alle drehten sich unangenehm berührt um. Ein junger, fetter Mann im schwarzen Achselshirt mit der Aufschrift NO RULES grinste sie an, während er Mühe hatte, seinen heftig an der Leine zerrenden Hund am Halsband festzuhalten. »Wär' doch'n toller Krimi, oder?« feixte er.

Sie traten einen Schritt zur Seite, denn jetzt fuhr der Krankenwagen der Feuerwehr mit der Toten an ihnen vorbei und verließ den Park wieder Richtung Neue Kantstraße.

Anna joggte weiter. Während ihre Beine regelmäßig und fast von allein liefen, dachte sie über diese merkwürdige Sache nach. Sicher, es hatte im Laufe der Jahre schon einige Unfälle oder kleinere Verbrechen im Park gegeben, wie Handtaschendiebstähle, Belästigungen von Frauen oder auch zeitweise Dealen unter Jugendlichen. Einmal war sogar eine Leiche aus dem See gefischt worden, allerdings ohne einen kriminellen Hintergrund. Aber zu Tode gestürzt hatte sich noch niemand.

5

Am Montag, Punkt elf Uhr, klingelte es und Carla kam die Treppe hoch. Max rannte aus der Wohnung und warf sich der Tante in die Arme. Daß bei der stürmischen Begrüßung Carlas neue Kette zerriß, störte nicht ernsthaft.

Während Anna noch ihren Schlüssel suchte, sagte Carla: »Hast du schon davon gehört, daß hier in deinem Lietzenseepark am Sonnabend eine tote Frau gefunden wurde?«

Anna unterbrach ihre Suche: »Woher weißt du denn das?« »Steht doch in der Zeitung!« Anna griff sich die Zeitung, die sie noch gar nicht gelesen hatte. Tatsächlich, der »Toten im Lietzenseepark« war ein ausführlicher Artikel gewidmet. »Ich war gerade joggen. Ich habe gesehen, wie die Frau abtransportiert wurde.«

Nachdem der Schlüssel – in der Obstschale – gefunden war, zogen alle drei bester Laune in den Park. Max rannte die schräge Wiese am Parkhaus vorbei zum Spielplatz hinunter, stolperte über seine eigenen Beine und fiel hin. Laut »Aua, aua« schreiend wies er auf eine kleine Schramme am Knie. Jetzt wollte er in den Kinderwagen, was den Frauen sehr entgegenkam, konnten sie doch nun den großen Spielplatz ohne weitere Unterbrechung zügig passieren. Sie bogen nun an der Schillerwiese nach rechts auf den Weg zum Kammergericht ab, als Max das Café am See sah. Sofort hob sich wieder seine Laune. »Eis!« sagte er und drehte sich erwartungsvoll zu Anna um. Bitte nicht, dachte Anna, und versuchte schnell auf den kleinen Weg zur Straße abzubiegen. Jetzt fühlte sich Max betrogen, schrie noch einmal ungeduldig »Eis« und fing an zu heulen. »Nun kauf ihm doch eins«, meinte Carla, »wir haben doch Zeit!« »Darum geht es nicht. Du wirst schon sehen!«

Also machten sie den kleinen Umweg zu dem Café, das malerisch an der Nordspitze des Lietzensees lag. Die Tische am See waren wie gewöhnlich bereits von den Vormittags-Stammgästen, vorwiegend alleinstehend und mittleren Alters, in Beschlag genommen, die genüßlich ihren Café au lait oder Capuccino schlürften, mit hochgelegten Beinen in die Sonne blinzelten oder sich in ihre Zeitung vertieften.

Anna kaufte Max ein Eis. Langsam gingen sie wieder zurück. Max hielt das Eis stolz wie eine Trophäe vor sich, leckte aber nicht. Das Drama begann, das Eis wurde weich. Anna wußte aus Erfahrung: wenn sie jetzt das Eis nahm und die weiche Schicht ableckte, schrie Max so laut, daß alle Leute guckten und das arme Kind bedauerten, dem die gierige Mutter das Eis wegschleckte. »Warum leckt er denn nicht?« staunte Carla.

»Er leckt nie, er will es nur halten!« war Annas achselzuckende Antwort.

»Aber es tropft doch!«

»Eben!« Wohl wissend, was jetzt kam, nahm Anna Max dennoch das Eis aus der Hand und leckte es ab. Max brüllte. Jetzt aber trat eine überraschende Wende im üblichen Ablauf ein. Als Anna sich herunterbeugte, um Max das Eis wiederzugeben, wurde sie so stark von der Seite angerempelt, daß das Eis auf den Boden fiel.

Mit einem »Hey, paß doch auf!« richtete sie sich überrascht auf und sah den Rücken eines Mannes, der sich zwar kurz umdrehte, aber einfach weiterlief. »Der hat wohl nicht alle ...!« Carla schüttelte den Kopf. Das Eisproblem war gelöst.

Sie überquerten die Straße und betraten den Vorhof des Kammergerichts, Anna nun schon zum dritten Mal. Wieder war niemand zu sehen. Diesmal ging Anna gleich verbotene Wege und führte Carla zur rechten Tür in der Durchfahrt, dort, wo sie neulich herausgekommen war. Wieder umfing sie eine unglaubliche Stille. Carla machte schon die ersten Bilder vom Treppenhaus und der Gedenktafel an den ersten Präsidenten des Reichsmilitärgerichtes Linde-Suden, die an der unteren Wand hing. Dann schleppten beide den Kinderwagen mit Max hinauf, der zum Glück kein Bedürfnis hatte auszusteigen.

Heute hatte Anna einen Plan des Gebäudes dabei. Sie wollte Carla die langen Flure und leeren Räume zeigen, dann mit ihr zum Hauptportal hinuntergehen und zum Schluß in den zweiten Stock zum großen Sitzungssaal, in dem die Prozesse stattgefunden hatten.

Während Anna den Kinderwagen durch die Gänge schob und immer geduldig wartete, wenn Carla fotografierte, sah sie, wie

Max die Augen zufielen und er einschlief. Schließlich kamen sie an die nach unten führende Treppe und beschlossen gerade, Max einfach oben stehenzulassen, als Carla flüsterte: »Guck mal, da unten, da liegt doch was!«

»Was soll da liegen?«

Beide starrten nach unten in das Halbdunkel. »Ein Mensch!« sagte Carla. »Ich glaube auch!« flüsterte Anna zurück. »Du mußt hinuntergehen und nachsehen!« Carla war kaum zu verstehen. »Warum ich?« protestierte Anna leise. »Ich kann das nicht. Bitte, du mußt gehen. Ich paß auch auf Max auf.« Carlas Stimme überschlug sich fast vor Angst.

Zögernd stieg Anna die Treppe hinunter. Am Fuß der Treppe lag im Halbdunkeln ein Mann auf dem Rücken, mit ausgebreiteten Armen und unnatürlich verrenkten Beinen. Es konnte gar nicht anders sein, er war die Treppe hinunter gestürzt und wahrscheinlich tot. Genau wie die Frau im Park, dachte Anna.

Sie fing an zu zittern, sie hatte noch nie einen Toten gesehen, aber sie zwang sich weiterzugehen. Unten angekommen, zögerte sie, bevor sie sich neben den Mann kniete. Sie konnte keine Verletzungen entdecken, nur aus dem Mund schien Blut geflossen zu sein. Der Mann war alt, ein gutaussehender robuster Typ. Er wirkte sehr gepflegt, trug ein kurzärmeliges Hemd und eine helle Sommerhose und hatte volles weißes Haar. Seine Gesichtszüge schienen ihr trotz des Sturzes nicht verzerrt, die dunklen Augen standen offen. Etwas entfernt lag seine zerbrochene Brille. Anna wußte, daß man Toten die Augen schließen mußte, doch sie brachte es nicht über sich. Aber wie von allein streichelte ihre Hand über die Wange des alten Mannes. Anna erschrak, sein Gesicht war noch warm und – naß! Naß von Tränen! Der Mann war also erst vor kurzem gestorben und hatte vor seinem Tod geweint!

Nun war es um Annas Selbstbeherrschung geschehen, sie spürte ihre eigenen Tränen. Sie saß still da und merkte, wie das Weinen sie allmählich beruhigte und sie ihre Fassung wiedergewann.

Plötzlich wurde sie in die Wirklichkeit zurückgerissen. Statt Stille auf einmal Lärm und Bewegung, aufgeregte Stimmen, überall Menschen, die herumliefen, eilig die Treppe herunterkamen, Anweisungen gaben. Blitzlichter zuckten durch das Halbdunkel. Ein Mann wühlte schon auf der Treppe in seinem Arztkoffer nach dem Stethoskop.

Anna erhob sich und ging die Treppe hinauf, wo Carla, die sich wieder gefaßt und mit ihrem Handy die Polizei alarmiert hatte, mit einer Frau mittleren Alters sprach. Max war wach geworden und beobachtete das ganze Treiben mit großen Augen.

Die Frau, die trotz des warmen Wetters ein Jackett trug und streng und sachlich wirkte, stellte sich Anna vor: »GutenTag, Waldau, ich leite hier die Ermittlungen. Frau Borkmann hat mir eben schon einiges erzählt. Sie haben den Toten gefunden? Kennen Sie ihn?« »Nein«, sagte Anna und fing an zu zittern.

Überraschend mütterlich legte die Kommissarin ihren Arm um Anna: »Bitte, beruhigen Sie sich. Ich habe natürlich einige Fragen an Sie, aber das muß nicht jetzt sein. Sagen Sie nur Ihren Namen und Ihre Adresse meinem Mitarbeiter. Wenn es Ihnen recht ist, kommen wir morgen Vormittag zu Ihnen.«

Anna nickte dankbar, nur jetzt nicht viel erklären müssen. »Sie können jetzt beide gehen, wir melden uns.« Sie verabschiedeten sich und gingen denselben Weg wieder zurück.

Als sie aus dem Tor auf die Straße traten, wich Anna erschrocken zurück. Das hatte sie doch gerade erlebt: Polizeiautos, Krankenwagen, Feuerwehr, alles durcheinander auf dem Fahrdamm abgestellt. Leute, die neugierig herumstanden, Polizisten, die zum Weitergehen aufforderten. Überall Hektik und Durcheinander.

Plötzlich trat ein junger Mann mit einer Handkamera und ein zweiter mit einem Mikrofon vor Anna hin und fragte sie routiniert: »Haben Sie die Leiche gefunden?« »Ja«, sagte Anna und begann sofort wieder zu weinen. Carla ergriff Annas Arm und schob sie und den Kinderwagen durch die Menge über die Straße in den Park.

Sie gingen den schrägen kleinen Weg hinunter, ihr Blick fiel auf das malerische, vertraute Bild – im Hintergrund der Funkturm, davor der dunkle See, rundherum die hohen grünen Bäume, links das Café und auf den Wiesen im ganzen Park liegende, lesende und den warmen Sommertag genießende Menschen. Plötzlich blieb Anna stehen und sagte mit hysterisch lauter Stimme, so daß die Vorübergehenden neugierig guckten: »Völlig verrückt! Hier sonnen sich die Leute halbnackt auf den Wiesen und da drüben stirbt ein Mensch!«

Carla zog sie schnell weiter und redete beruhigend auf sie ein. Zum Glück wurden sie durch Max abgelenkt, der, munter und ausgeruht durch den Vormittagsschlaf, jetzt etwas erleben wollte und beim Herausklettern aus dem Kinderwagen beinahe kopfüber gestürzt wäre.

Während sie nun gemächlich durch den Park schlenderten, wurde Anna wieder ruhiger. »Bitte, jetzt wein nicht gleich wieder«, meinte Carla nach einer Weile, »aber die ganze Sache von vorhin ist doch sehr seltsam. Glaubst du, der Mann ist von allein die Treppe heruntergefallen oder hat ihn jemand gestoßen?«

»Woher soll ich das wissen? Das muß die Polizei herausfinden. Aber was hat er überhaupt da gemacht? Daß er da mutterseelenallein in dem leeren Haus herumlief! Es wußte doch überhaupt kaum ein Mensch, daß man zur Zeit in das Kammergericht hineinkommt wegen dieser Ausstellung, schon gar nicht, daß man überall herumlaufen kann.«

Sie überlegten hin und her. »Wenn morgen die Kommissarin kommt, kann sie vielleicht schon etwas erzählen. Auch wer der Mann überhaupt war«, meinte Carla.

Der Nachmittag verging für Anna wie in Trance. Sie war glücklich, als Martin endlich nach Hause kam. »Wie siehst du denn aus? Ist was passiert?« fragte er erschrocken. Anna erzählte alles. Auch Martin fand natürlich keine Erklärungen für die mysteriösen Ereignisse. »Komisch«, meinte er und sprach aus, was Anna schon die ganze Zeit dachte, »daß hier innerhalb kurzer Zeit zwei Menschen eine Treppe heruntergefallen und gestorben sind. Ob es da einen Zusammenhang gibt, ein Irrer vielleicht, der Leute schubst?« Dann fügte er leicht ironisch hinzu: »Bloß gut, daß du die Frau nicht auch noch gefunden hast.«

Nach sieben Uhr abends, Max schlief schon, baute Anna den kleinen Fernseher auf dem Balkon auf. Während sie Abendbrot aßen, lief die »Berliner Abendschau«. Schlagartig verstummten beide, als die Nachrichtensprecherin meldete: »Heute vormittag wurde im ehemaligen Kammergericht am Lietzensee eine männliche Leiche gefunden. Es handelt sich um den 81-jährigen Richard Sobernheim, einen in Berlin geborenen Amerikaner. Es steht noch nicht fest, ob er durch einen Unfall oder durch Fremdverschulden zu Tode kam. Sachdienliche Hinweise zur Person des Toten und zum Hergang nimmt jede polizeiliche Dienststelle entgegen.« Dabei wurde kurz der Tatort, dann ein Bild des Toten, offensichtlich sein Paßfoto, gezeigt. Plötzlich stand Anna mit Max im Kinderwagen da, wurde gefragt, sagte »Ja« und weinte. Man sah Carla ihren Arm fassen und wie beide in den Park gingen.

Anna sah Martin ratlos an. »Oh Gott, jetzt weiß jeder Bescheid! Alle werden fragen! Paß auf, gleich ruft Mama an!«

Aber nach kurzer Zeit läutete nicht das Telefon, sondern die Klingel an der Wohnungstür.

Es war Frau Schönlebe, die Flurnachbarin von Frau Körner. »Kommen Sie schnell, ich glaube, Frau Körner ist etwas passiert. Als ich eben nach Hause kam, hörte ich Geräusche, wie Hilferufe! Wir müssen nach ihr sehen!«

Alle Hausbewohner wußten, daß Frau Körner für Notfälle ihren Wohnungsschlüssel Anna zur Aufbewahrung gegeben hatte.

Als sie zu dritt die Treppe hinaufrannten, hörten sie schon schwache Rufe aus der Wohnung. Schlimmstes befürchtend öffnete Anna hastig die Tür, aber nach einem Blick ins Wohnzimmer atmete sie auf. Frau Körner war zwar hingefallen und versuchte, nach ihrem weggerutschten Stock zu angeln, der Rock war ihr hochgerutscht, ein Knopf vom Ärmel der Bluse abgerissen, aber Verletzungen hatte sie sich offensichtlich nicht zugezogen. Auch die Perlenkette schlang sich noch unversehrt um ihren Hals. Mit vereinten Kräften hoben die drei die alte Frau hoch und setzten sie in den Sessel vor den Fernseher, in dem ebenfalls die »Abendschau« lief.

Frau Körner zitterte am ganzen Körper und schüttelte schweratmend ununterbrochen ihren gesenkten Kopf. »Was ist denn passiert?« Anna kniete sich neben den Sessel und legte ihren Arm beruhigend um Frau Körners Schultern, während Martin den Stock aufhob und Frau Schönlebe den Teppich geradezog. »Ach, ich weiß nicht ... Ich ... ich habe telefoniert ... Mein Sohn ... Er hat angerufen ... er hatte einen Unfall.« »Einen Unfall?« riefen alle drei erschrocken. »Ja, aber ... mit dem Fahrrad, es ist nicht so schlimm. Er hat sich nur den Knöchel verstaucht. Ich habe mich aber so aufgeregt, daß ich über den Teppich gestolpert bin.« Frau Körner begann sich zu erholen: »Vielen Dank erstmal! Ach, das ist mir so peinlich! Also wirklich, vielen Dank, ich glaube, es geht jetzt wieder.«

Anna blickte unschlüssig: »Soll ich Ihnen vielleicht einen Tee machen, zur Beruhigung, oder kann ich sonst etwas für Sie tun?« »Nein, nein danke, gar nichts. Es geht wirklich. Bitte, lassen Sie mich jetzt allein. Ich brauche jetzt meine Ruhe.«

Während Anna noch immer zögerte und Martin und Frau Schönlebe fragend ansah, sagte Frau Körner, immer noch mit zittriger Stimme, zu Anna: »Bitte gehen Sie! Wenn ich Hilfe brauche, rufe ich Sie an. Ich habe ja Ihre Telefonnummer. Bestimmt!«

Später, wieder auf dem Balkon, meinte Anna kopfschüttelnd: »So aufgeregt wie heute habe ich Frau Körner noch nie gesehen! Gott sei Dank wurde ihr Sohn ja kaum verletzt! – Mein Gott, war das ein Tag!«

6

Das Frühstück der Familie Kranz am nächsten Morgen wurde mehrmals durch das Klingeln des Telefons unterbrochen. Die erste, die anrief, war Annas Mutter: »Annakind, wie geht es dir denn, wir haben dich gestern in der Spätabendschau gesehen und von dem Unglück gehört, und in der Zeitung steht auch ein kurzer Artikel! Du Arme! Hast du Zeit? Erzähl doch mal!«

»Das ist jetzt nicht so günstig, Mama, aber willst du nicht nachher kurz herumkommen, wenn Max seinen Mittagsschlaf hält?«

»Ja, gut, also bis nachher!« Erleichtert legte Anna das Telefon beiseite, ihre Mutter war immer so angenehm unkompliziert.

Der zweite Anruf kam von der Kommissarin Frau Waldau, die ihren Besuch für neun Uhr dreißig ankündigte.

Als letzte Carla: »Hallo, Anna, bloß ganz kurz, ich muß gleich in die Schule. Gibt es was Neues?« »Nein, aber in einer Stunde kommt die Kommissarin. Vielleicht kann die etwas erzählen. Kommt sie denn auch zu dir?« »Ich glaube nicht, wir haben ja gestern schon alles beredet. Viel konnte ich ja sowieso nicht sagen. Also dann bis später!«

Um zehn Uhr, Martin war schon längst in der Uni, klingelte Frau Waldau. Anna, die nun doch ziemlich aufgeregt war, immerhin stand die erste polizeiliche Vernehmung ihres Lebens bevor, führte die Kommissarin auf den Balkon, goß Kaffee ein, schob ihr ein Tellerchen mit den leckeren Müsli-Keksen hin und wartete ab. Max spielte zum Glück friedlich im angrenzenden Zimmer am Boden.

Frau Waldau hatte heute offensichtlich wieder ihren strengen Tag. Sie fragte zunächst nach dem Grund von Annas Anwesenheit im Gerichtsgebäude. Anna berichtete etwas stockend von ihren mehrmaligen Besuchen im Kammergericht. Frau Waldau hörte mit unbewegter Miene zu und machte sich einige Notizen.

Dann wiederholte sie ihre Frage vom Vortag, ob Anna den Mann gekannt habe, und meinte, als diese wieder verneinte: »Es ist doch sehr merkwürdig, daß Sie und der Mann beide zufällig zu derselben Zeit an derselben Stelle in einem leerstehenden und seit Monaten von keinem Menschen besuchten Haus zusammentrafen.« Da konnte Anna ihr nur zustimmen. Plötzlich aber starrte sie Frau Waldau fasziniert an: »Sie glauben doch nicht etwa, ich hätte mich dort mit ihm verabredet und ihn die Treppe hinuntergestoßen?«

Sie fühlte sich fast geschmeichelt, auf einmal im Verdacht zu stehen. »Und meine Freundin hat zugeguckt?« Jetzt mußte Anna doch grinsen. »Es wäre schön, wenn alles so einfach wäre.« Die Kommissarin lächelte nun ebenfalls. »Nein, das glaube ich auch nicht. Wir haben leider noch überhaupt keine Anhaltspunkte. Wissen noch nicht einmal, ob der Mann mit jemandem zusammen oder allein war.« »Hoffentlich war es ein Unfall!« Anna sah das Gesicht des Toten vor sich. »Vielleicht. Aber er kann auch mit Absicht gestoßen worden sein. Oder jemand hat ihn aus Versehen angestoßen, und dann ist er hinuntergestürzt.«

Anschließend berichtete die Kommissarin das Wenige, was die Polizei bis jetzt wußte. Der Mann konnte sofort identifiziert werden, dank seiner Papiere, die er bei sich trug. Er war Amerikaner, aber in Berlin geboren, Jahrgang 1921, wohnte in Utica im Staat New York und hieß Richard Sobernheim. »Sobernheim«, meinte Anna, »paßt gut.«

Auf den fragenden Blick der Kommissarin erklärte sie: »Ende des 19. Jahrhunderts gehörte der Lietzenseepark, damals noch Park Witzleben genannt, zwei Berliner Geschäftsleuten Sobernheim und Pringsheim. Vielleicht stammt er ja sogar aus dessen Familie.«

Sobernheim war am Donnerstag abend in Berlin eingetroffen und bezog sein für eine Woche vorbestelltes Zimmer im Hotel Seehof. Ob ein besonderer Grund für seinen Aufenthalt vorlag, war unbekannt. Nichts in seinen Sachen wies auf irgendein Vorhaben in Berlin hin. Es gab keine Berliner Adresse oder Telefonnummer in seinem Kalender, keine Notiz, die einen Anhaltspunkt hätte geben können. Auch hatte er keine Telefongespräche vom Hotelzimmer aus geführt.

Im Hotel Seehof erinnerte man sich aus zwei Gründen sofort an ihn. Erstens hatte er einen starken Heuschnupfen, machte ironische Bemerkungen über die gute Berliner Luft und erkundigte sich nach der nächsten Apotheke. Zweitens fragte er nach dem Kammergericht. Er war zunächst fassungslos, beinahe verstört, als er hörte, daß das Gerichtsgebäude seit Jahren verschlossen und nicht zugänglich war, dann aber sehr erleichtert, als die Angestellte an der Rezeption im Veranstaltungskatalog die Architekturausstellung herausfand, deretwegen man in das Gebäude hineinkam.

Ansonsten habe er sich wie ein ganz gewöhnlicher Hotelgast und Berlin-Besucher verhalten. »Wissen Sie, ob der Mann Familie hatte?« fragte Anna.

Auch diese Frage war schon geklärt. Herr Sobernheim hatte einen verheirateten Sohn mit zwei Kindern, der aber zur Zeit mit seiner Familie an einem bisher unbekannten Ort in den USA Ferien machte und daher noch nicht benachrichtigt werden konnte. Die amerikanischen Kollegen würden sich darum kümmern.

Eine halbe Stunde war vergangen.

Frau Waldau wollte sich schon verabschieden, als Anna noch schnell das Gespräch auf die Tote im Park brachte. Sie war neugierig, ob man sie schon identifiziert hatte und die Todesursache kannte. »Woher wissen Sie denn davon?« fragte die Kommissarin erstaunt.

Sie hörte sich interessiert Annas Bericht an, gab dann bereitwillig Auskunft.

Die Frau, deren Handtasche am Tatort gefunden wurde, hieß Gertrud Ellguth, war 82 Jahre alt und wohnte allein in der Windscheidstraße. Genaueres über die Todesursache würde erst die Obduktion ergeben, aber eines stehe bereits fest – und dabei sah Frau Waldau Anna bedeutsam an –, die alte Frau starb eines gewaltsamen Todes. Abgesehen von der am Ärmel eingerissenen Bluse deuteten verschiedene Anzeichen auf einen Kampf hin, wie Spuren von Schlägen im Gesicht, Hämatome an der linken Schulter und Kratzer am Hals.

Anna hatte anfangs gleichmütig zugehört, dann aber verschlug es ihr die Sprache. Ein Mord im Lietzenseepark? Sie war fassungslos, während Frau Waldau die Einzelheiten ganz gelassen vortrug. »Wann passierte denn die Tat?« fragte Anna, die das Wort »Mord« nicht über die Lippen brachte. »Wahrscheinlich schon am Freitagabend. An dieser etwas abgelegenen Ecke des Parks kommen wenig Leute vorbei. Die Todeszeit liegt bei zirka 22 Uhr oder später. Gefunden wurde die Leiche erst am Sonnabendmorgen kurz vor sieben Uhr von einem Jogger. – So, jetzt muß ich aber gehen, vielen Dank für den Kaffee!«

Damit verabschiedete sich die Kommissarin von Anna und auch von Max, der ihr während des Gesprächs mehrmals verschiedene Autos überreicht und dann wieder weggenommen hatte.

Bevor Anna anschließend mit Max auf den Spielplatz ging, stiegen beide noch einmal hinauf zu Frau Körner, um sich nach ihrem Befinden zu erkundigen. Wieder klingelte Max. Frau Körner öffnete, aber heute war alles anders.

Die alte Frau guckte ernst und müde. Sie bat die beiden nicht herein. »Wie geht es Ihnen denn?« fragte Anna, ihren Sohn festhaltend, der zu den Keksen strebte. »Ganz gut, danke!« Frau Körner lächelte mühsam. »Kann ich Ihnen irgendwie helfen?« »Nein, danke, ich brauche nichts.«

Anna kam sich angesichts dieser neuen Zurückhaltung allmählich aufdringlich vor. Schon halb im Gehen fragte sie noch: »Und wie geht es Ihrem Sohn?«

»Meinem Sohn?« Frau Körner schien zu überlegen: »Ach so, ... ja ... schon wieder ganz gut. Vielen Dank für Ihre Nachfrage.« Bemüht freundlich fuhr sie fort: »Ich finde es wirklich sehr nett, wie Sie sich um mich kümmern und bin Ihnen dafür aufrichtig dankbar. Aber im Moment komme ich gut allein zurecht. Ich melde mich wirklich, wenn ich Hilfe brauche. Auf Wiedersehen, Anna!« »Auf Wiedersehen!« sagte auch Anna, schulterzuckend und ohne das Verhalten ihrer alten Nachbarin so richtig begreifen zu können.

Im Park ging Anna mit Max langsam links den schrägen Weg, am Parkhaus vorbei zum Spielplatz hinunter. Mißgelaunt rechnete sie damit, daß nun wahrscheinlich alle Mütter sich neugierig auf sie stürzen und sie mit Fragen bombardieren würden. Friederike, die Mutter von Lenni und Lea, winkte ihr schon aufgeregt von weitem zu und rief ihr entgegen: »Wo bleibst du denn bloß? Wir warten schon so lange auf dich!«

Die meisten Frauen hatten zwar schon den reinen Sachverhalt aus den Medien erfahren, standen jetzt aber ungeduldig um Anna herum, um Einzelheiten aus erster Hand zu hören. Trotz der vielen Fragen und Kommentare blieb Anna wortkarg. Sie hatte wirklich keine Lust, auf die Neugier der versammelten Mütter einzugehen und von dem Tod des alten Mannes, der ihr so nahe gegangen war, im Plauderton zu erzählen. Als die Gespräche sich schließlich anderen Themen zuwandten, atmete sie erleichtert auf.

Mittags, Max lag im Bett, Anna hängte in der Küche wieder einmal Wäsche auf den Ständer, hörte sie im Hof den bekannten Ton einer Fahrradklingel. Ihre Mutter kam zum angekündigten Besuch. Anna freute sich, sie hatte ihre Mutter schon seit längerer Zeit nicht mehr gesehen, obwohl sie so nahe wohnten. Schnell öffnete sie das Fenster, pfiff den Familienpfiff und winkte. Dann rannte sie den Flur entlang und drückte auf den Türsummer, damit die Mutter ohne zu klingeln in das Haus kam, denn Max sollte auf gar keinen Fall aufwachen.

Annas Mutter war zweiundsechzig Jahre alt, zwei Jahre jünger als der Vater. Sie hatte viele Jahre lang halbtags als Krankengymnastin in einer Unfallpraxis am Steubenplatz gearbeitet und war wegen ihrer herzlichen und energischen Art und ihrer erstaunlichen Heilerfolge bei Kollegen und Patienten sehr beliebt gewesen. Trotz ihres Alters, ihrer kleinen, rundlichen Gestalt und ihrer grauen Haare, die sie sich im Gegensatz zu den meisten ihrer Altersgenossinnen nicht färbte, war sie noch von einer fast jugendlichen Beweglichkeit und Spontanietät. Vor zwei Jahren, genau an ihrem Geburtstag, verkündete sie zur Überraschung aller ihren Abschied vom Berufsleben. Sie hatte einfach keine Lust mehr zu arbeiten. Der Vater nahm ihre Entscheidung mit stoischem Gleichmut hin.

Beim Anblick ihrer Eltern dachte Anna regelmäßig: »Gegensätze ziehen sich an!« und obwohl sie eigentlich Spruchweisheiten verabscheute, mußte sie widerwillig zugeben, daß sie hier einmal zutrafen. Ihr Vater war nicht nur groß und schlank, sondern ging auf eine zwar freundliche, aber auch sehr trockene Art mit den

Menschen und dem Leben um und war kaum aus der Ruhe zu bringen. Er wirkte nicht nur wie ein tüchtiger Finanzbeamter, sondern er war es auch. Seit Jahrzehnten fuhr er mit dem Fahrrad zum Finanzamt West in der Bismarckstraße, wo er korrekt seinen Dienst verrichtete. Die ursprüngliche Freude an seiner Tätigkeit war ihm allerdings in letzter Zeit abhanden gekommen. Er ärgerte sich über die vielen unbesetzten Stellen in seiner Behörde, eine Folge der Sparmaßnahmen, wodurch sich sein Arbeitspensum ständig vergrößerte. Immer häufiger freute er sich daher jetzt auf seine Pensionierung.

Während Annas Mutter den Geschirrspüler ausräumte und Anna den Wäscheständer behängte, erzählte sie, was sie in den letzten Tagen erlebt hatte. Plötzlich drangen Geräusche aus dem Kinderzimmer, und wenig später erschien Max, munter und ausgeschlafen. Als er seine Großmutter bemerkte, rief er begeistert: »Ommi is da, Ommi da!« und ließ sich von ihr hochheben. »Was macht ihr denn am Nachmittag?« fragte die Mutter und kitzelte ihren Enkel nach dem Wickeln so sehr, daß er kreischte und Anna ihn kaum anziehen konnte. »Ich hab heute Zeit. Soll ich mit Max in den Park gehen?« »Vielen Dank, aber heute lieber nicht. Ich hab mich mit Sabine im Schloßpark verabredet. Aber könntest du Max morgen Vormittag nehmen? Das wäre toll, ich habe nämlich einen Termin im Landesarchiv von zehn bis zwölf Uhr.«

Sie verabredeten sich für den nächsten Tag.

Zu dritt verließen sie die Wohnung. Die Mutter fuhr auf dem Rad zurück in die Dernburgstraße, und Anna schloß ihren vor der Haustür stehenden Polo auf, den sie noch aus der Zeit ihrer Berufstätigkeit besaß. Während sie Max in den Kindersitz wuchtete, hielt sie plötzlich inne. Auf der anderen Straßenseite stand am Zaun des Parks ein Mann und sah zu ihr hinüber, ein durchschnittlicher Typ, mittelgroß, mit vollem dunklem Haar, etwas älter als sie. Derselbe Mann hatte vormittags auf dem Spielplatz, als sie mit den andern Frauen über die Ereignisse im Kammergericht sprach, auf einer Bank gesessen. Er schien sich auszuruhen und zu sonnen, aber sie hatte das unbestimmte Gefühl gehabt, von ihm beobachtet zu werden. Nachdem Anna Max festgeschnallt hatte, ging sie um das Auto zur Fahrertür und blickte dem Mann herausfordernd ins Gesicht. Der Mann schaute zurück, zögerte, dann wandte er sich ab und ging in den Park.

Während Anna mit Sabine und den beiden Kindern durch den Schloßpark lief, hatte sie diese Episode längst wieder vergessen.

Ein friedlicher Nachmittag. Auf der großen Wiese am Belvedere, dem kleinen Schlößchen, das der »dicke Wilhelm« seiner Geliebten Wilhelmine Encke erbauen ließ, lagerten sie sich im Schatten einer großen Kastanie, packten ihre Sachen aus, Decken, Spielzeug, Kekse, Apfelschorle und all das andere und machten es sich bequem. Die beiden hatten sich bei der Geburt ihrer Kinder im Klinikum kennengelernt und sich auf Anhieb gut verstanden. Da Sabine in der Nähe, am Klausenerplatz, wohnte, trafen sie sich regelmäßig.

Als Anna am späten Nachmittag mit einem ziemlich müden Max vor ihrem Haus in der Wundtstraße parkte, wollte sie ihren Augen nicht trauen. Wie bei ihrer Abfahrt vor drei Stunden stand derselbe Mann am Parkzaun und beobachtete sie. Leute gingen auf der Straße, im Park herrschte noch Hochbetrieb, Mütter mit kleinen Kindern kamen vom Spielplatz und packten ihre Kinder samt Buddelzeug in die Autos, kurz, überall Menschen, da brauchte sie vor einem Mann, der sie offensichtlich verfolgte, keine Angst zu haben. Anna schloß das Auto ab, nahm Max an die Hand und ging über die Straße direkt auf den Mann zu.

Nach einer vorsichtigen Fluchtbewegung blieb er ruhig an seinem Platz und wartete, bis Anna vor ihm stand. Sie überlegte noch, was und in welchem Ton sie mit ihm reden sollte, da begann er schon selbst zu sprechen: »Ich danke Ihnen, daß Sie zu mir gekommen sind. Ich glaube, ich hätte es nie gewagt, mich Ihnen zu nähern, obwohl ich unbedingt mit Ihnen reden muß. Entschuldigen Sie bitte, wenn ich Sie erschreckt habe, aber ich wußte nicht, wie ich mich verhalten sollte.«

Der Mann, offenbar ein Amerikaner, sprach mit starkem Akzent ein etwas altmodisches, aber fast fehlerloses Deutsch. Er sah Anna mit ernsten, dunklen Augen an, die ihr irgendwie bekannt vorkamen.

Plötzlich wußte sie, wer er war. »Sie sind der Sohn!« sagte sie leise. »Ja, John Soberhome.« Er wühlte in der Hosentasche, zog seinen Paß hervor und zeigte ihn Anna. »Ich muß Sie unbedingt sprechen. Bitte! Können wir uns irgendwann treffen?«

Anna überlegte. Sie zweifelte nicht an seiner Aufrichtigkeit und war äußerst neugierig auf das, was der Sohn »ihres« Toten erzählen würde. Ob sie ihn für heute abend einladen sollte? Nein, dachte sie, das ist übertrieben, und Martin weiß noch gar nicht Bescheid.

Laut sagte sie: »Wir können uns morgen in der Mittagszeit treffen, wenn mein Sohn schläft, unten im Park im Café am See. Kennen Sie das?« »Jaja, ich bin hier im Park schon viel spazierengegangen.« »Gut, dann treffen wir uns um ein Uhr, wenn es geht.« »Sehr gern. Vielen Dank! Und entschuldigen Sie bitte nochmals, wenn ich Sie erschreckt habe.« »Schon gut«, lächelte Anna ihn an, »ich muß jetzt gehen, Max gehört ins Bett. Also dann bis morgen!« »Auf Wiedersehen!« Erleichtert lächelte auch John Soberhome und sah ihr und Max nach, wie sie über die Straße gingen und im Haus verschwanden.

Anna stieg mit klopfendem Herzen und einem müden Max auf dem Arm die Treppe hoch. Jetzt erst wurde ihr die Bedeutung dieser plötzlichen Begegnung mit dem Sohn des Toten bewußt. Innerlich hatte sie, wie die Polizei wahrscheinlich auch, den Fall bereits für abgeschlossen gehalten: Was der alte Mann im Kammergericht vorhatte, wußte man nicht, aber er war allein gewesen und die Treppe heruntergefallen. Ein Unglücksfall. Punkt.

Nun ergaben sich neue Perspektiven. Der Sohn war aus einem bestimmten Grund seinem alten Vater nach Europa gefolgt, vielleicht sogar ohne dessen Wissen. Aber er mußte etwas von einem Geheimnis seines Vaters wissen und konnte vielleicht die Vorgänge im Kammergericht erklären.

Anna schloß die Tür auf und stellte erfreut fest, daß Martin schon zu Hause war, das Abendbrot vorbereitet und für Max sogar schon das Wasser in die Badewanne eingelassen hatte.

7

Der Termin im Landesarchiv, den sie sich vorige Woche hatte geben lassen, paßte Anna heute eigentlich überhaupt nicht. Aber wegen der großen Nachfrage konnte man nur angemeldet die Geräte benutzen und da sie nun einmal diesen Termin hatte, würde sie ihn natürlich auch nutzen, obwohl sie jetzt gar nicht in der Stimmung war, alte Adreßbücher durchzusehen. Sie übergab ihrer Mutter Max und eine unaufgeräumte Wohnung und machte sich dann auf den Weg in die Kalckreuthstraße, wo sich das Landesarchiv damals noch befand.

Nachdem Anna sich bei dem Angestellten der Auskunft gemeldet und dieser ihr einen Platz zugewiesen hatte, betrat sie den Lesesaal des Landesarchivs. Wie immer umfing sie überwältigende Stille. An kleinen Tischen arbeiteten die Besucher, vorwiegend Studenten, mit größter Konzentration, gebeugt über ihren Laptops und Bergen von Büchern und Dokumenten. Das leise Hämmern der Tasten, das Hin- und Herschieben der Papiere, das Blättern, manchmal ein Räuspern, ganz selten ein Flüstern, das waren die einzigen Geräusche im Lesesaal.

Langsamer und vorsichtiger als es ihre Art war, schlängelte sich Anna durch die enggestellten Tische. Bloß nicht diese heilige Ruhe entweihen! Ihr Platz befand sich erfreulicherweise direkt am Karteikasten mit den Mikrofiches, so daß sie nur aufstehen mußte, um sich neue Karten zu holen.

Anna hatte seit einiger Zeit begonnen, anhand der auf Mikrofiche gespeicherten Adreßbücher von Charlottenburg und Berlin systematisch die Entwicklung der Bebauung rund um den Lietzensee zu verfolgen. Indem sie die einzelnen Jahrgänge verglich, konnte sie feststellen, wie im Laufe der Jahre ein unbebautes Gelände parzelliert wurde, die Parzelle ein Jahr später einen Eigentümer hatte, im nächsten bereits ein Haus darauf stand und jemand, meistens der Eigentümer oder ein Verwalter, darin wohnte, und wie dann, wieder ein Jahr danach, schließlich eine lange Liste der Namen sämtlicher Mieter im Haus verzeichnet war.

Anna fand es geradezu aufregend, anhand lebloser Adreßbücher zu verfolgen, wie in einem langsamen, aber vitalen und unwiederbringlichen Prozeß sich der alte Park Witzleben verwandelte, den Menschen und ihren Häusern weichen mußte und schließlich seine heutige Form angenommen hatte. Sie verstand aber auch Leute wie Martin, die darin nur einen begrenzten Unterhaltungswert erkennen konnten.

Auf diese Art hatte Anna die Bebauung einzelner Straßen verfolgt und dabei festgestellt, daß das älteste Haus am Lietzensee, 1904 gebaut, in der Dernburgstraße an der Großen Kaskade stand, immer noch beeindruckend in seinem betont »herrschaftlichen« Aussehen.

Heute hatte sie sich eigentlich das Lietzensee-Ufer vornehmen wollen, aber an diesem Morgen fehlte ihr die Ruhe für eine systematische Durchsicht. Lieber wollte sie sich schnell die Mieterlisten einzelner Häuser am Lietzensee anschauen. Vielleicht hatte der alte Mann ja in einer der Straßen gewohnt und vielleicht würde sie seinen Namen finden. Anna begann mit ihrem eigenen Haus in der Wundtstraße, für das sie bisher noch kein ausgeprägtes Interesse aufgebracht hatte.

Sie nahm sich die Fiche-Karte mit dem Adreßbuch von 1935 heraus – da war Richard Sobernheim ein 13- oder 14-jähriger Schüler, der sicher noch zu Hause wohnte – , legte sie in das Lesegerät und suchte den Königsweg, wie die Wundtstraße bis 1938 hieß. Anna bedauerte diese Umbenennung, nicht nur wegen des schönen Klangs, sondern weil der Königsweg die älteste Straße am Lietzensee war, fast dreihundert Jahre alt, und wirklich ein Weg der Könige, nämlich ursprünglich ein vielbenutzter Fuß- und Reitweg, der die beiden Schlösser Charlottenburg und Potsdam verband.

Mit der Umbenennung der Straße wurde 1938 auch die Numerierung der Häuser »berichtigt«, so daß Annas Haus unter »Königsweg 20« im Adreßbuch zu finden war.

Anna holte sich ihren Block heraus, um die Namen der damaligen Hausbewohner abzuschreiben, alle übrigens mit Berufsangabe, wie sie beim ersten Mal festgestellt hatte – heute im Zeitalter des kompromißlosen Datenschutzes kaum vorstellbar.

Beim Überfliegen der Namen des Hauses Königsweg 20 entfuhr ihr vor Überraschung ein kurzer Schrei, laut genug, daß viele der über ihren Geräten gebeugten Anwesenden verärgert oder fragend den Kopf hoben. Anna starrte wieder auf die Namensliste. Sie konnte es kaum glauben, aber sie las den Namen Sobernheim! Sobernheim, J., Dr. phil., Chemiker.

Aber das war noch nicht alles, denn etwas höher stand: Körner, W., Rechtsanwalt.

Perplex saß Anna da und zog ihre Schlüsse: Richard Sobernheim hatte in ihrem Haus gewohnt, folglich kannte ihn Frau Körner, denn sie wohnte ebenfalls hier und – last not least – Frau Körner hatte zwar einen Sohn, war aber nicht verheiratet, Körner war ihr Mädchenname. Plötzlich erschien Anna Frau Körners merkwürdiges Verhalten der letzten Tage in einem ganz anderen Licht. Sie war wahrscheinlich nicht wegen des Unfalls ihres Sohnes gestürzt, das hatte sie sich nur schnell ausgedacht, sondern wegen des Berichtes in der Abendschau. Frau Körner war vermutlich so außer sich geraten, weil sie Sobernheim erkannt hatte. Sie hatten beide das gleiche Alter, irgendein Geheimnis in ihren jungen Jahren verband sie vielleicht miteinander. Ob Sobernheim der Vater ihres Kindes war und sich aus dem Staub gemacht hatte, statt sie zu heiraten?

Anna nahm sich vor, Frau Körner möglichst bald zu besuchen und sie genauer zu befragen. Jetzt begann sie endlich die Namen der Hausbewohner abzuschreiben:

Königsweg 20:
Adler, A. Witwe
Alexander, W. Kaufmann
Bodenstein, H. Kammermusiker
Breithaus, K. Fabrikdirektor
Donath, R. Kraftwagenführer
Fuchs, M. Kaufmann
Grahl, Bankbeamter
Hartmann, Schlossermeister
Hoffmann, G. Dentist
Kock, F. Kfm.-Geschäftsführer

Körner, W., Rechtsanwalt
Peth, J. Kaufmann
Sobernheim, J., Dr. phil., Chemiker
Walger, G. Bürgermeister a.D., Rechtsanwalt
Wratzke, A., Dr. phil., Postrat

Nach dem Abschreiben der Liste lehnte sich Anna etwas ernüchtert zurück, ihre erste Euphorie war verflogen. Was hatte sie eigentlich herausgefunden? Daß der alte Mann vor mehr als sechzig Jahren in ihrem Haus gewohnt hatte, würde ihr wahrscheinlich der Sohn nachher auch erzählen. Frau Körner kannte ihn, na und? Die Treppe im Kammergericht hat sie ihn jedenfalls nicht hinuntergestossen.

Anna packte die Mikrofiche-Karte in das Tütchen und suchte nun aus dem Karteikasten das Adreßbuch von 1943 heraus, das letzte vor Kriegsende. Sie verglich die Namen, es gab nur wenige Veränderungen, Sobernheim und Körner standen noch in der Liste. Sie wußte, daß ein Jahr später im Februar 1944, bei einem Luftangriff das Haus und alle Nebenhäuser fast völlig zerstört wurden. Einige Bewohner richteten sich provisorisch in den Trümmern ein, die meisten aber verließen die Stadt.

Anna schaute auf die Uhr, es war erst eine halbe Stunde vergangen. Wieder spielte sie mit dem Gedanken vorzeitig ihren Platz zu verlassen. Aber sie blieb und befaßte sich, wie geplant, in der restlichen Zeit mit der Bebauung des Lietzensee-Ufers.

Als Anna gegen halb eins nach Hause kam, aß Max gerade seinen letzten Happen vom Mittagessen, ihre Mutter saß gemütlich daneben. »Anna, sei mir nicht böse, ich habe kein bißchen aufgeräumt! Ich hatte keine Lust und bin gleich mit Max in den Park gegangen.« »Mama, laß doch! Du mußt nicht aufräumen! Das habe ich dir schon tausendmal gesagt.«

Anna ärgerte sich nur kurz, gab der Mutter einen Kuß und bedankte sich: »Du bist mir wirklich immer eine große Hilfe.«

Die Mutter strahlte. »Gut! Ich muß jetzt leider gehen, ich habe mich zum Schwimmen verabredet. Also, bis dann!«

Nun ging alles schief: Zum ersten Mal wollte Max keinen Mittagsschlaf machen. »Max nicht müde, nicht Bett«, schrie er und weinte. Er wehrte sich beim Ausziehen und sprang im Bett wieder hoch, wenn Anna ihn hingelegt hatte. Sie zwang sich zur Ruhe, redete liebevoll auf ihn ein und sang ihm ein Lied nach dem andern vor. Als er endlich schlief, war sie ganz erschöpft.

Dann mußte sie ihr Rad aufpumpen, was wieder einige Minuten dauerte. Schließlich fing es noch an zu regnen, aber sie fuhr trotzdem los und kam so mit feuchter Kleidung und unansehnlich nassen Haaren zwanzig Minuten zu spät im Café am See an. Unterwegs dachte sie: Jetzt fehlte nur noch, daß das Café bei diesem scheußlichen Wetter geschlossen ist. Schon während Anna ihr Rad unter den Bäumen am Eingang anschloß, sah sie den Mann, der an einem der Tische unter dem Holzdach Platz genommen hatte. Er war der einzige Besucher. Regungslos saß er vor einem Glas Cola. Die leeren nassen Tische, der graue Regenschleier, der alles einhüllte, die Stille, der einsame Mann – Anna mußte die melancholische Stimmung abschütteln, die sie plötzlich überfallen hatte.

Schnell trat sie an den Tisch und reichte John ihre nasse Hand, der aufsprang und ihr einen Stuhl zurechtrückte. Auf ihre hastig vorgebrachten Entschuldigungen für ihr Zuspätkommen meinte er nur: »Ach, das macht doch nichts. Ich habe so viel Zeit. Ich bin Ihnen so dankbar, daß wir uns treffen konnten. Wollen Sie auch eine Cola?« »Nein, danke, ich hol mir lieber einen Milchkaffee.«

Schnell ging sie zumTresen. Das Café hatte Selbstbedienung, was heute bei dem Regenwetter zum Glück nicht mit Wartezeiten und Schlangestehen verbunden war. Schließlich saß sie mit ihrer dicken weißen Tasse John gegenüber, und während sie den Zucker verrührte, schaute sie ihn erwartungsvoll an. Er machte keine Anstalten zu sprechen. Stumm blickte er auf sein Glas. Keiner sprach ein Wort.

Gerade als die Stille peinlich zu werden drohte, richtete der Mann seinen Blick auf Anna und sagte zögernd: »Ich glaube, mein Vater ist ermordet worden!« Dann schwieg er und blickte wieder auf seine Cola. »Ermordet? Warum?« drängte Anna vorsichtig.

Der Sohn blieb stumm. »Bitte, erzählen Sie doch! Warum war Ihr Vater im Kammergericht? Wer soll ihn umgebracht haben?« Anna ließ nicht locker.

Jetzt reagierte John und schaute sie fast ratlos an: »Das ist es ja gerade. Ich weiß ja selber fast nichts!«

Dann fragte er neugierig: »Wie heißen Sie eigentlich?«

Anna lächelte: »Entschuldigung, ich habe mich ja noch gar nicht vorgestellt! Anna heiße ich. Aber fangen Sie doch jetzt bitte an! Ich habe nicht soviel Zeit, mein Sohn wird bald wieder wach.«

»Okay.« John gab sich einen Ruck: »Ich wohne in Utica, im Staat New York, bin verheiratet und habe zwei Kinder, drei und fünf Jahre alt, beides Jungen. Ich bin der Personalchef in einer großen Bierbrauerei. Als ich dort anfing, lernte ich die Tochter des Besitzers kennen, wir verliebten uns und heirateten. Der Brauereibesitzer ist also mein Schwiegervater. Wir führen in Utica ein angenehmes Leben, haben ein großes Haus und die Brauerei floriert. Dann starb vor zwei Jahren meine Mutter – an Krebs, sie wurde nur 59 Jahre alt. Es war furchtbar, für uns alle, aber besonders für meinen Vater. Sie hatten sich sehr geliebt. Er war fast zwanzig Jahre älter als meine Mutter und ohne sie völlig hilflos. Jeder, auch er selbst, hatte natürlich geglaubt, daß sie ihn überleben würde. Nach dem Tod meiner Mutter konnten wir ihn schließlich überreden, zu uns zu ziehen.

Meine Eltern hatten viele Jahre in Georgetown gewohnt, einer Kleinstadt zirka hundert Meilen von Utica entfernt, in der ich auch geboren bin. Mein Vater hatte dort als junger Mann eine kaufmännische Lehre in einer kleinen, aber feinen Papierfabrik gemacht, in der er dann auch sein ganzes Berufsleben verbracht hat, erst als Buchhalter, dann Prokurist und schließlich als Teilhaber.«

John machte eine Pause, fuhr dann aber unter Annas ermunterndem Blick zügig fort: »Jetzt, wo mein Vater tot ist, merke ich, daß ich ihn eigentlich kaum gekannt habe. Ich weiß, daß er mich sehr geliebt hat und stolz auf mich war. Ich war sein einziges Kind. Er hat spät geheiratet und war schon 44 Jahre alt, als ich geboren wurde.

Er war ein guter Vater. Ich habe schon als Kind gemerkt, wie sehr er an mir hing und um mich besorgt war. Auf der anderen Seite war er aber auch ein sehr verschlossener Mensch. Ein so ungezwungenes und vertrautes Verhältnis zu meinem Vater, wie ich es bei andern Kindern erlebte, hatte ich nie. Meiner war mir immer ein bißchen fremd. Die Erziehung überließ er ganz meiner Mutter. Er spürte sicher, daß sie mit ihrer fröhlichen und offenen Art dafür viel besser geeignet war.

Eigentlich fühlten wir uns alle drei sehr wohl in unserer Familie. Und wenn ich später einmal meiner Mutter gegenüber ein kritisches Wort über die übertriebene Zurückhaltung meines Vaters äußerte, nahm sie ihn sofort in Schutz: Ich müßte ihn verstehen, er hätte eine schwere Zeit hinter sich. Näheres erfuhr ich aber nie.«

John hatte sich richtig in Schwung geredet, nun aber unterbrach er sich und sah Anna mit einem skeptischen Blick an: »Mein Gott, ich rede hier ununterbrochen. Interessiert es Sie überhaupt, soviele Einzelheiten von wildfremden Menschen zu hören? Ich kann auch sofort aufhören!«

Anna fiel ihm ins Wort: »Nein, natürlich nicht. Vergessen Sie nicht, ich habe doch Ihren Vater gefunden. Also, reden Sie bitte weiter!« »Gut. – Lange Zeit dachte ich, mein Vater sei auch in Georgetown geboren wie meine Mutter. Aber dann passierte folgendes: In meiner Schule wurden neben dem regulären Unterricht regelmäßig Arbeitsgemeinschaften angeboten, darunter auch das Fach Deutsch. Ich wäre nie auf die Idee gekommen, daran teilzunehmen, bis mich mein Vater eines Tages dazu aufforderte. Ich war völlig überrascht, aber er meinte nur: ›Schließlich bist du ja ein halber Deutscher!‹

Nun mußte er sich ja äußern und zögernd gab er einige Einzelheiten aus seinem Leben preis, z.B. daß er aus Berlin stammt und mit zweiundzwanzig oder fünfundzwanzig Jahren, ich weiß es gar nicht genau, nach Amerika gekommen sei. Ich konnte es kaum glauben. Natürlich versuchte ich ihn nach seiner Kindheit und Jugend in Deutschland auszufragen, wollte wissen, warum er ausgewandert ist, ob wegen der Nazis, usw. Aber er hat kaum etwas erzählt, das sei alles unwichtig, schon so lange her, er könne sich an nichts erinnern, er sei Amerikaner. Mein Vater wollte mit seinem früheren Leben ganz offensichtlich nichts mehr zu tun haben. Er war auch in seinem ganzen Leben nie wieder in Deutschland gewesen, überhaupt nicht in Europa, bis auf dieses eine letzte Mal.«

Von Johns anfänglicher Scheu war nichts mehr zu spüren. Er lehnte sich in seinem Stuhl zurück und fuhr fort: »Ich verstand allmählich, warum mein Vater so anders als die anderen Väter war, so verschlossen und ernst. Er hatte offenbar schreckliche Dinge in seiner Jugend erlebt, in Deutschland, während der Nazizeit.

Auf meine vielen Fragen gab er nur zwei kurze Auskünfte: Erstens: Seine Eltern waren bei den Bombardierungen in Berlin im Februar 1944 umgekommen. Und zweitens: Er hatte eine Zwillingsschwester namens Johanna, nach der ich Johannes, John, genannt wurde. Diese Schwester war aber tot, sie wurde im Alter von ungefähr zwanzig Jahren ermordet. Nach ihrem Tod hat mein Vater Deutschland verlassen.«

Pause. Anna hörte gebannt zu, alle Ungeduld war jetzt vergessen. »Mein Vater muß Johanna abgöttisch geliebt haben. Auch wenn es kitschig klingt, er hat sie sein Leben lang in seinem Herzen getragen und um sie getrauert. Wenn er von ihr erzählte, was selten genug geschah, dann eigentlich immer mit Tränen in den Augen. Trotz meiner Bitten weigerte sich mein Vater, über die näheren Umstände des Mordes an seiner Schwester zu sprechen. Ich vermute, er hatte Angst vor seinen Gefühlen, wollte sich nicht von ihnen überwältigen lassen. So verdrängte er einfach alles, was mit Johannas Tod zusammenhing.

Einmal verriet er aber doch eine nicht unbedeutende Einzelheit. Plötzlich sprach er nämlich von dem Tod des Mörders. Dieser kam bei einem Bombenangriff auf den Volksgerichtshof in der Bellevuestraße ums Leben, bei dem das Gebäude in Brand gesetzt und völlig zerstört wurde und auch der widerliche Präsident des Volksgerichtshofs starb. Das war schon im Februar 1945.

Als mein Vater mir das damals erzählte, fügte er ruhig, aber mit unüberhörbarer Genugtuung, hinzu: ›Wahrscheinlich ist der Mörder langsam und qualvoll verbrannt!‹«

John verstummte. »Erzählen Sie weiter!« bat Anna. »Erzählen Sie weiter!« wiederholte John kopfschüttelnd, dann lebhafter:

»Ich weiß doch selbst nichts! – Mein Vater hat nie den Mörder Johannas genannt, obwohl er ihn gekannt haben mußte. Ich hatte sogar manchmal den Eindruck, er ist ein Freund von ihm gewesen, der ihn dann schwer enttäuscht hat. Ich weiß es nicht! Ich weiß auch nicht, wie der Mörder Johanna umgebracht hat. Mein Vater hat es nie gesagt! Er hat überhaupt nichts gesagt! – Stellen Sie sich vor, ich weiß nicht einmal, wo er hier in Berlin gewohnt hat. Völlig verrückt!«

John war immer lauter geworden.

Jetzt war Anna sehr zufrieden, daß ihre bescheidenen Erkenntnisse vom Vormittag doch nicht überflüssig waren: »Ihr Vater wohnte in Charlottenburg am Lietzensee, im damaligen Königsweg 20 – in dem Haus, in dem ich heute wohne!« sagte sie und freute sich über Johns ungläubige Miene. Dann berichtete sie von ihren Nachforschungen am Vormittag und erzählte auch alles, was sie über Frau Körner wußte. John staunte nur und blickte sie mit wachsender Dankbarkeit an. »Nun weiter, Max wacht bald auf!« Anna blickte auf die Uhr. »Warum ist Ihr Vater nach Berlin gekommen?« »Ein Moment, gleich. – Nach dem Gespräch also mit meinem Vater nahm ich am Deutschunterricht teil. Es ist keine einfache Sprache, aber ich ging gern hin. Seltsamerweise begann nun auch mein Vater, mit mir Deutsch zu sprechen. Er hatte schon viel vergessen und machte viele Fehler, so daß wir uns immer gegenseitig verbesserten. Diese Unterhaltungen machten uns beiden großen Spaß, und ich hatte zum erstenmal das Gefühl, ihm wirklich nahe zu sein.« »Ach, deswegen sprechen Sie so gut deutsch«, meinte Anna. »Ehrlich gesagt«, fuhr John fort, »ich verstehe das alles immer noch nicht, auf der einen Seite diese extreme Abwendung meines Vaters von seiner deutschen Vergangenheit und überhaupt von allem Deutschen und dann auf einmal die plötzliche Liebe zur deutschen Sprache.

Aber weiter. – Mein Vater wohnte also seit einem Jahr bei uns. Er war ein angenehmer Hausgenosse, verstand sich gut mit meiner Frau und den Schwiegereltern, und die Kinder liebten ihn und freuten sich, daß der Opa für immer bei uns blieb. Es war ein wirklich in jeder Beziehung harmonisches Zusammenleben. Von seiner Jugendzeit in Deutschland und den Umständen, die zum Tod seiner Schwester führten, sprachen wir überhaupt nicht mehr. – Es hätte noch jahrelang so weiter gehen können.«

Plötzlich stockte John und Anna bemerkte, daß ihm Tränen in die Augen traten. »Wir haben in Utica eine sehr gut sortierte, große Stadtbibliothek. Mein Vater machte dort öfter einen Spaziergang hin, um in deutschen Zeitungen zu lesen. Eines Tages kam er völlig fassungslos nach Hause. Wir hatten es zunächst gar nicht bemerkt, erst als er nicht zum Abendbrot erschien, ging ich hinauf in sein Zimmer, um ihn zu holen. Er lag auf dem Bett, war leichenblaß und atmete schwer. Ich dachte, er sei krank, und wollte den Arzt holen. Aber er hielt meine Hand fest und zeigte auf ein Stück Papier, das auf den Boden gefallen war.

›Da!‹ sagte er mühsam. ›Der Mörder!‹

Ich hob das Papier auf und sah die ziemlich unscharfe Kopie eines Zeitungsausschnittes, die er sich in der Bibliothek hatte machen lassen, und zwar aus der ›Berliner Zeitung‹ vom 27. Mai dieses Jahres.«

John griff in seine Brieftasche und gab das Blatt Anna: »Hier!«

Es war die Seite »Berlin, Berlin«, auf der die Leser der »Berliner Zeitung« mit mehr oder weniger seriösem Klatsch unterhalten wurden, mit Artikeln über Fernsehstars, Wohltätigkeitsbällen, Filmpremieren oder ähnlichem.

Diesmal war der Hauptartikel dem scheidenden Präsidenten des Bundesverwaltungsgerichtes Wandermeyer gewidmet, der zum Abschluß seiner Tätigkeit das Bundesverdienstkreuz erhalten hatte. Ein großes Foto zeigte den Präsidenten und den Justizsenator. Neben den beiden hatten sich jeweils die Ehefrauen aufgebaut, alle vier strahlten ein betont glückliches Lächeln in die Kamera. Daneben und im Hintergrund sah man noch weitere Gäste. Laut Bildunterschrift wurde die Aufnahme bei einer Feier im großen Garten der Grunewald-Villa des Geehrten gemacht. Auch die Namen der wichtigsten Gäste standen unter dem Foto. »Ich will mich kurz fassen«, sagte John, während Anna noch versuchte, auf der sehr unscharfen Kopie Gesichter zu erkennen. »Mein Vater hat auf dem Bild den Mörder Johannas erkannt. Dieser war also nicht tot, nicht verbrannt, wie er es sich zu seinem Trost ausgemalt hatte, sondern lebte, war gesund, wahrscheinlich sogar hochgeehrt, sonst wäre er nicht auf diesem Foto. Der Schock, den das Bild bei meinem Vater auslöste, war unvorstellbar.

In den folgenden Tagen war er sehr in sich gekehrt, sprach kein Wort und zeigte keinerlei Gefühlsregung mehr. Bis er vor zwei Wochen zu mir kam und mir mitteilte, daß er am Mittwoch nach Berlin fliegen werde. Das Ticket hatte er schon. Ich wollte ihn davon abbringen, bat ihn eindringlich, die Vergangenheit ruhen zu lassen, was auch immer geschehen war, sei doch längst vorbei. Er hörte gar nicht hin.«

»Sie meinen, er kam nach Berlin, um den Mörder seiner Schwester zu suchen, vielleicht sogar zu töten?« fragte Anna beklommen.

John nickte nur und fuhr schnell fort: »Ich erzählte alles meiner Frau, ließ sie mit den Kindern allein in unser Sommerhaus am See fahren, kaufte mir ebenfalls ein Ticket und flog heimlich meinem Vater hinterher. Von ihm wußte ich, daß er im Hotel Seehof am Lietzensee ein Zimmer gebucht hatte. Deswegen stieg in der Nähe in einer Pension ab. Als ich Montag früh in Berlin ankam, war ich so erschöpft, daß ich sofort ins Bett fiel und schlief. Gegen Abend ging ich dann ein bißchen spazieren und überlegte, wie ich vorgehen sollte. Schließlich aß ich etwas in einer Pizzeria und kehrte gegen zehn Uhr in meine Pension zurück. Als ich den Fernseher in meinem Zimmer anstellte, sah ich das Paßfoto eines Toten, meines Vaters.« John verstummte. Nach einer Weile sagte er: »Wissen Sie, was ich glaube? Mein Vater wollte den Mörder von Johanna töten, aber der andere war schneller. Warum die beiden, um sich gegenseitig umzubringen, ins Kammergericht gingen, weiß ich nicht, aber ich werde es herausfinden!«

»Sie müssen zur Polizei gehen!« meinte Anna wieder mit einem Blick auf die Uhr. Dann sprang sie auf. »Tut mir leid, ich muß jetzt unbedingt nach Hause! Wenn Max wach wird und ich bin nicht da! – Wann sehen wir uns wieder? Ich habe noch soviele Fragen!«

Sie überlegte kurz: »Möchten Sie uns heute abend besuchen? So gegen acht? Wo ich wohne, wissen Sie ja!«

In Erinnerung an ihre erste Begegnung lächelte sie. »Also, kommen Sie? Sie müssen übrigens bei Kranz klingeln.«

Schon hatte sie ihr Rad aufgeschlossen. Sie hörte gerade noch, wie John sagte: »Ich komme sehr gern.«

Zu Hause schlief Max noch, aber Anna wußte, daß seine Mittagspause, die sie so sehr genossen hatte, der Vergangenheit angehören würde.

Nachmittags schien zwar wieder die Sonne, aber heute blieben Mutter und Sohn zunächst zu Hause. Anna mußte nämlich das Chaos der letzten zwei Tage beseitigen.

Als Martin zwei Stunden später nach Hause kam, gingen sie in den Park auf den Spielplatz, und während Max wie üblich sämtliche Spielgeräte durchprobierte, gingen seine Eltern langsam hinter ihm her. Anna berichtete ausführlich von ihrem Gespräch mit John, auch von ihrer Einladung für heute abend. »Fällt dein Chor aus?« fragte Martin.

Anna hatte den Chor vollkommen vergessen. Das war ihr noch nie passiert! Sie würde Kerstin anrufen und sich entschuldigen.

Ihr Balkon war zwar winzig, enggequetscht konnten gerademal fünf Personen darauf Platz finden, aber nicht nur seine Lage zum Park machte ihn zu einem kleinen Paradies. Martin hatte sich nach ihrem Einzug als überaus begabter und begeisterter Balkongärtner entpuppt. In den Terrakotta-Balkonkästen entfalteten sich jedes Jahr wahre Blumenorgien verschiedenster Arten. Außerdem arbeitete sich an der Wand langsam Efeu empor, der immerhin schon drei Winter überlebt hatte. Den häßlichen Betonboden hatte Anna im vorigen Jahr mit schönen Fliesen bedecken lassen. Auf diesen wenigen Quadratmetern spielte sich im Sommer ihr Familienleben ab.

Anna stellte Gläser und Getränke bereit. John als halber Brauereibesitzer würde sicher Bier trinken. Sie schob ein Blech mit Bruschetta in den Ofen, ihr Lieblingsessen an einem warmen Sommerabend, legte Kerzen und Streichhölzer zurecht und war gespannt auf die Dinge, die da kommen würden.

Kurz nach acht Uhr klingelte es. Anna machte John mit Martin bekannt und nach anfänglicher Befangenheit lockerte sich die

Stimmung. Man beschloß gleich, sich zu duzen und verbrachte den Abend und die halbe Nacht in freundschaftlicher Unterhaltung. John trank übrigens Rotwein.

Natürlich drehte sich das Gespräch um den Tod seines Vaters und um dessen geheimnisvollen Umstände.

John begann mit Neuigkeiten: »Ich konnte es Anna heute Mittag nicht mehr erzählen, aber ich habe mich natürlich bei der Polizei gemeldet, gleich am Dienstag. Und heute Vormittag war ich auch schon bei der Kommissarin, die die Ermittlungen leitet.«

Anna hakte nach: »Wirklich? Erzähle!« »Naja«, fuhr John langsam fort, »sie hat sich natürlich sehr gewundert, daß ich nicht zu Hause Ferien mache, wie es ihr die amerikanische Polizei mitgeteilt hatte, sondern auf einmal hier in Berlin auftauche. Fragte, ob ich von dem bevorstehenden Tod meines Vaters etwas gewußt hätte. Sie war furchtbar mißtrauisch! Erkundigte sich auch nach meinem Alibi! Als ob ich meinem eigenen Vater etwas antun würde!« »Das muß sie wohl«, besänftigte Martin. »Was hast du ihr denn gesagt?« »Fast nichts. Ich habe ihr nur erzählt, daß ich sehr beunruhigt war wegen meines Vaters, der ohne ein Wort der Erklärung plötzlich nach Berlin geflogen ist. Daß ich, obwohl ich nicht das Geringste über seine Motive ahnte, ihm trotzdem gefolgt bin, um zur Stelle zu sein, falls er Hilfe braucht oder einfach, um auf ihn aufzupassen. Aber leider zu spät gekommen bin ...«, John schwieg.

In die Stille hinein fragte Anna: »Und warum hast du der Kommissarin nicht die ganze Wahrheit erzählt so wie mir?«

John sprach zögernd weiter: »Es mag vielleicht seltsam klingen, aber ich möchte erst versuchen, selbst den Mörder zu finden. Ich will ihn zur Rede stellen, ihn zwingen, mir persönlich die Zusammenhänge zu erklären. Ich will nicht nur auf den Bericht irgendeines Polizeibeamten über den abgeschlossenen Mordfall Richard Sobernheim warten.«

John machte eine Pause und blickte Anna und Martin an: »Ich weiß nicht, ob ihr mich versteht. – Das ist die ganz persönliche Angelegenheit meines Vaters und, da er jetzt tot ist, die meine.« »Ich kann das verstehen«, meinte Martin.

John schaute ihn dankbar an, dann wandte er sich an Anna: »Ich hatte ja die Hoffnung, daß er noch etwas zu dir gesagt hat, bevor er starb.«

Anna schüttelte den Kopf: »Leider war dein Vater schon tot.« »Wie hast du mich überhaupt gefunden?« fragte sie zurück. »Das war nicht schwer. Ich habe dich doch im Fernsehen gesehen: junge Mutter, Kinderwagen, Park – da brauchte ich nur herumzulaufen und die Augen offenzuhalten. – Du warst mir gleich sympathisch, weil du geweint hast.« »Zeig noch mal das Foto«, unterbrach ihn Martin und betrachtete es zum zweiten Mal. »Auf dieser schlechten Kopie kann man eigentlich nur die zwei Paare deutlich erkennen. Die kommen aber nicht in Frage, weil sie zu jung sind. Wenn Johanna – sagen wir – 1942 ermordet wurde, waren sie alle Kinder, noch nicht mal zehn Jahre alt. Also muß der Mörder einer von den anderen Personen im Hintergrund sein. Außerdem muß einer von den Namen aus der Bildunterschrift ihm gehören, Breithaus, Schellenberger oder Krause. Denn allein vom Foto her kann dein Vater den Mann nach rund sechzig Jahren unmöglich erkannt haben.

Wir sollten mit dem Fotografen Kontakt aufnehmen oder uns wenigstens die richtige Zeitung besorgen, damit wir die Personen klar erkennen können und dann herausfinden, wer von denen der Mörder sein könnte.« »Warum hat dein Vater das Bild eigentlich nicht mitgenommen, sozusagen als Beweis«, fragte nun Anna. »Ist doch klar«, sagte Martin. »Er wollte nichts bei sich haben, was auf sein Vorhaben hinwies. Schließlich plante er einen Mord.«

Und John fügte hinzu: »Man hat ja auch nichts bei ihm gefunden. Keinen Namen von früher. Die er brauchte, hatte er im Kopf. Und er war vorsichtig. Falls er telefoniert hat, so nicht vom Hotel aus, sondern von einer öffentlichen Telefonzelle mit Nummern aus dem Telefonbuch.« »Meine Güte«, Anna schüttelte sich, »wie gut, daß das alles nicht geklappt hat, und dein Vater kein Mörder geworden ist.« »Mörder oder Ermordeter – ich weißt nicht, was ich vorziehen würde«, meinte John düster.

Als er kurz nach Mitternacht ging, verabschiedeten Anna und Martin ihn wie einen alten Freund. Zusammen standen sie noch in der lauen Sommernacht vor dem Haus. Kaum ein Laut war zu hören, kein Auto fuhr um diese Zeit mehr durch die Straße. Die einzigen Geräusche waren das sanfte Rauschen der Bäume und ein plötzliches kurzes Auflachen, das aus dem Park herüberklang. John schaute an der Fassade des Hauses empor. »Anna, weißt du zufällig, welche Wohnung die meines Vaters war?« »Leider nicht, aber ich werde Frau Körner fragen«, war Annas schnelle Antwort. »Ein seltsames Gefühl, zu wissen, hier hat mein Vater früher gelebt«, meinte John und sein Blick glitt noch einmal über die Straße, das Haus und den Park. »Das alles kannte er auch.«

Sie waren übereingekommen, Johns Wunsch entsprechend, selbst erst einmal zu versuchen, Licht in das Dunkel zu bringen, ehe sie die Polizei informierten. Anna wollte am nächsten Tag Frau Körner besuchen. Sie wollte sie auf jeden Fall dazubringen, alles zu erzählen, was sie über Richard und Johanna Sobernheim wußte.

John selbst hatte vor, am Nachmittag zur Redaktion der »Berliner Zeitung« am Alexanderplatz zu fahren, und die entsprechende Zeitung oder das Foto zu besorgen. Am Vormittag allerdings stand ihm noch ein anderer Gang bevor, in das gerichtsmedizinische Institut. Dort wollte er von seinem Vater Abschied nehmen.

8

Als Anna gegen drei Uhr mit Max bei Frau Körner klingelte, öffnete überraschenderweise ihr Sohn die Tür und bat sie mit einem lebhaften »Hallo! Guten Tag!« herein.

Dr. Joachim Körner mußte ungefähr sechzig Jahre alt sein, sah immer sehr gepflegt und bedeutend jünger aus, stets nach der neuesten Herrenmode gekleidet und entsprach auch äußerlich genau dem Bild eines erfolgreichen Chefchirurgen. Wie Frau Körner Anna erzählt hatte, war er schon seit längerer Zeit geschieden. Seine Ex-Frau und die beiden erwachsenen Töchter lebten in München, sie hatten kaum mehr Kontakt miteinander.

Während sie ins Wohnzimmer gingen, kam er sofort auf den Grund seiner Anwesenheit zu sprechen: »Meine Mutter hat sich in den letzten Tagen merkwürdig verändert. Sie machte am Telefon einen so schwachen und kranken Eindruck, daß ich ganz erschrocken war. Jedenfalls habe ich meine Termine für heute verschoben und bin schnell mal hergekommen.«

Er schüttelte den Kopf: »Sie hat sich aber gar nicht richtig gefreut, im Gegenteil, ich hatte den Eindruck, ich störe sie. Haben Sie auch eine Veränderung bei ihr bemerkt?«

Ehe Anna antworten konnte, sagte Max, der die ganze Zeit am Schrank stand: »Max Kekse haben.« »Was will er?« fragte Herr Körner, etwas aus dem Konzept gebracht, lachte aber, als Anna es ihm erklärte.

Inzwischen überlegte Anna und beschloß, ihm nichts zu erzählen. Sie wollte auf jeden Fall verhindern, daß der Sohn mit der Mutter über die Geheimnisse ihrer Vergangenheit redete, die sie jetzt so aufwühlten, bevor sie selbst mit ihr gesprochen hatte.

Daher äußerte Anna nur Unverbindliches über die Schwäche alter Menschen und versprach, sich weiterhin um seine Mutter zu kümmern. »Das ist wirklich nett von Ihnen«, sagte Herr Körner dankbar. »Ich bleibe bis morgen Mittag hier. Ich hoffe, ich kann meine Mutter etwas aufheitern. Aber vielleicht können Sie nachmittags noch einmal nach ihr sehen. Wenn irgendetwas ist – Sie haben ja meine Karte!«

Dann fügte er fast entschuldigend hinzu: »Wissen Sie, ich hänge sehr an meiner Mutter. Wir haben in unserem Leben zusammen viel durchgemacht.«

Mit diesen Worten brachte er sie wieder zur Tür. Die letzten Worte hatten Anna überrascht. Viel durchgemacht – was soll das heißen?

An diesem Abend kam John schon früher und nahm noch an dem Gute-Nacht-Ritual mit Max teil. John hatte einen qualvollen Tag hinter sich. Als er am Vormittag vor der Leiche seines Vaters stand, seine Augen über das vertraute Gesicht glitten und er zum Abschied die Stirn des Vaters küßte, war es um seine Selbstbeherrschung geschehen, die er sich in den letzten Tagen so mühsam auferlegt hatte.

Im Gegensatz zu Anna war John danach bei der »Berliner Zeitung« erfolgreich gewesen. Der Fotograf hatte zwar Urlaub und John kam sowieso sehr ungelegen, wie ihm die Angestellte erklärte, aber sie ging dann doch ins Archiv und holte die gewünschte Ausgabe. Jetzt beugten sich Anna und Martin neugierig über das große Foto. Sie schrieen beide gleichzeitig auf. Anna rief: »Da ist ja Mama!« und Martin: »Da ist ja dein Vater!«

Sie sahen sich ungläubig an, dann mußten sie lachen. Schließlich lächelte sogar John: »Na, da haben wir ja endlich die Mörder!« »Natürlich!« rief Anna jetzt, »Mama hat ja davon erzählt! Das hatte ich ganz vergessen! Dieser Wandermeyer, der Präsident, war ja ihr Patient!«

Sie überlegte weiter: »Wie war das damals? Vor ein paar Jahren hatte der Präsident Urlaub in Finnland gemacht. Er wohnte mit seiner Frau in einem kleinen Haus, das eine sehr steile Treppe hatte.« »Schon wieder eine Treppe«, bemerkte Martin trocken. »Eines morgens stolperte er schlaftrunken und fiel die Treppe hinunter.« »Die Frau hat ihn geschubst. Sie ist unsere Mörderin«, alberte Martin. »Sei doch mal still!« Anna wurde ärgerlich. »Bei dem Sturz brach er sich einen Finger, sie fuhren ins Krankenhaus und er bekam einen Gips. Als sie wieder in Berlin waren und der Gips abgenommen wurde, stellte der Arzt fest, daß die Bruchstellen nicht exakt zusammengefügt und daher der Knochen falsch zusammengewachsen war. Es gab die Alternative, den Finger nochmal zu brechen und gerade zu richten oder zu versuchen, ihn durch Gymnastik wieder beweglich zu machen. Der Präsident entschied sich für die zweite Möglichkeit und landete bei Mama. Ihre Behandlung dauerte zwar monatelang, aber schließlich war der Finger wieder völlig in Ordnung. Der Präsident, mit dem sie sich in den zahlreichen Sitzungen immer gut unterhalten hatte, war ihr zutiefst dankbar und sagte beim Abschied, daß sie sein Ehrengast sein werde bei einem seiner nächsten Feste. Tatsächlich bekam Mama ein paar Jahre später dann diese Einladung.« »Schade, daß deine Eltern nicht hier sind«, meinte John. »Ob sie kommen würden, wenn wir sie anrufen, und sich das Bild angucken?« »Ich kann es ja mal versuchen.« Anna holte das Telefon und drückte auf die eingespeicherte Nummer, aber nur der Anrufbeantworter sprang an. Nach dem Signalton, sagte sie: »Ich bin es, Anna. Wenn ihr zu Hause seid, geht mal bitte ran!« Aber keine Reaktion, die Eltern waren nicht da.

9

Am nächsten Tag rief Anna kurz nach neun ihre Mutter an. Nur in dringenden Notfällen durfte man sie so früh stören, denn sie liebte es, morgens gemütlich Kaffee zu trinken und ihre Zeitung zu studieren. »Hallo, Mama. Wenn es dir recht ist, komme ich eben mal mit Max vorbei. Ich muß dir eine Menge erzählen und dich auch etwas fragen.« »Das klingt ja spannend. – Du kannst jederzeit kommen, ich bin zu Hause.«

Als Anna eine halbe Stunde später die Zeitung hervorzog, rief die Mutter sofort: »Den Artikel kenne ich gar nicht.«

Anna erzählte ihr nun in Kurzfassung von den Ereignissen der letzten beiden Tage und von ihrer Suche nach dem Mörder. »Johns Vater hat auf diesem Foto den Mörder seiner Schwester erkannt. Er muß alt sein, mindestens achtzig Jahre, wahrscheinlich älter. Und er heißt entweder Breithaus, Schellenberger oder Krause. Kannst du dich an die einzelnen Gäste erinnern, die hier auf dem Foto abgebildet sind? Oder an die Namen?«

Ihre Mutter sagte sofort: »Breithaus. Mit einem Herrn Breithaus haben wir uns unterhalten. Wir haben uns vorgestellt. Laß mal sehen!«

Sie betrachtete das Foto nun genauer und zeigte dann auf einen Mann auf der rechten Seite neben dem Präsidenten. »Das ist er. An den kann ich mich gut erinnern, mit dem haben wir uns eine ganze Weile unterhalten. Der war übrigens sehr alt.«

Anna rutschte fast vor Aufregung vom Balkonstuhl: »Das ist der Mann, den Johns Vater erkannt hat!« »Vielleicht, kann sein«, ihre Mutter war noch ganz ruhig. »Aber du hast recht. Soweit ich mich erinnere, waren sonst keine wirklich alten Menschen da, die meisten Leute waren in unserem Alter und natürlich junge, die Kinder von Herrn Wandermeyer und Freunde, auch seine Enkel.« »Mama, jetzt erzähl mal bitte ganz genau, worüber ihr euch unterhalten habt!« bat Anna. »Naja, mehr oder weniger small talk. Auf seine Frage hin erzählte ich ihm, wie ich Wandermeyer kennengelernt hatte, und als wir ihn dann fragten, stellte er sich als ehemaliger Präsident des Landgerichts vor, der viele Jahre lang

Mentor und väterlicher Freund von Wandermeyer war. – Dann sprachen wir übrigens noch eine ganze Weile über den Lietzensee. Ich sagte, so eine Villa im Grunewald sei zwar etwas sehr schönes, aber am Lietzensee würden wir eigentlich mindestens genauso gut wohnen. Er lachte und erzählte, daß er am Lietzensee aufgewachsen ist und diese Gegend immer noch liebt und gern besucht. Jetzt würde er nicht weit entfernt in Eichkamp leben.«

Anna starrte die Mutter fassungslos an: »Das gibt es doch nicht! Breithaus! Den Namen kenne ich doch.« »Woher denn?« »Er wohnte mit Frau Körner und Johns Vater vor dem Krieg in unserem Haus. Ich habe neulich im Landesarchiv seinen Namen abgeschrieben. Er ist der Mörder! Wir haben den Mörder von Johanna und Richard Sobernheim gefunden!« »Jetzt beruhige dich mal, Anna, und übertreibe nicht«, bremste die Mutter ihre Tochter. »Der Mann war ein vornehmer alter Herr, vielleicht ein bißchen verkalkt, aber doch kein Mörder!«

Anna hatte sich schon beruhigt. »Jaja, du hast ja recht. Wir werden sehen. Aber jetzt muß Frau Körner die Wahrheit sagen. Die Erklärung für alle Vorfälle der letzten Tage liegt in der Vergangenheit und die kennt nur sie. Dabei fällt mir ein: könntest du vielleicht heute mit Max nach dem Mittagsschlaf in den Park gehen? Ohne ihn kann ich sicher ungestörter mit Frau Körner sprechen.«

Am Nachmittag stieg Anna etwas aufgeregt, in der Hand den Zeitungsausschnitt, die Treppe hinauf. Aber wieder kam alles ganz anders.

Nach dem Klingeln öffnete die alte Nachbarin die Tür. Zu Annas Überraschung hatte sie sich nicht krankheitsbedingt nur einen Morgenrock flüchtig übergeworfen, sondern sich sorgfältig angezogen, sogar mit Perlenkette. Sie bat Anna freundlich herein. Fast schien es, als habe sie mit ihrem Besuch gerechnet. »Guten Tag. Bitte kommen Sie doch, Anna!« Frau Körner führte sie in das Wohnzimmer und bot ihr einen Sessel an: »Wirklich nett, daß Sie mich wieder besuchen, obwohl ich neulich so unfreundlich zu Ihnen war.«

Anna setzte sich aufrecht hin, holte tief Luft und sagte schnell und nachdrücklich: »Frau Körner, erzählen Sie mir bitte von

Richard Sobernheim, dem Toten, den ich im Kammergericht gefunden habe. Sie kannten ihn.«

Dann schwieg sie und wartete erst einmal die Reaktion ab.

Wider Erwarten lächelte Frau Körner sie freundlich an: »Sie haben recht, ich habe ihn gekannt. Sehr gut sogar.«

Sie lehnte sich in ihre Sofaecke zurück und fuhr langsam fort: »Ich habe Ihnen nie davon erzählt, aber ich hatte als junges Mädchen im Krieg eine schwere Zeit durchzustehen. Als ich Richards Foto in der Abendschau sah, wurde mit einem Schlag alles wieder lebendig, meine eigene verzweifelte Lage damals und die entsetzlichen Vorgänge um mich herum. Ich dachte, ich hätte im Laufe der Jahrzehnte alles vergessen. Aber es war offensichtlich nur verdrängt, wie man heute sagt. Sie haben es ja gemerkt, Anna, ich war für einen Moment regelrecht aus der Bahn geworfen, wie krank.«

Wieder lächelte sie: »Aber das ist jetzt vorbei. Wenn Sie wollen, erzähle ich Ihnen alles. Wahrscheinlich tut es mir sogar gut. »

Anna fiel ein Stein vom Herzen: »Bitte, erzählen Sie! Ich will alles wissen, wenn es Ihnen recht ist.«

Aber bevor Frau Körner begann, fiel ihr Blick auf den Zeitungsausschnitt in Annas Hand und sie fragte neugierig: »Was haben Sie denn da?« »Ein Foto.« Anna reichte ihr den Artikel.

Frau Körner betrachtete die Gesichter und rief plötzlich erstaunt: »Da ist ja Wilhelm. Ich habe ihn seit Jahrzehnten nicht mehr gesehen.«

Dann etwas leiser, fast bestürzt: »Er ist aber alt geworden.«

Nun konnte Anna nicht mehr an sich halten: »Ich glaube, er ist der Mörder von Johanna.«

Frau Körner blickte sie überrascht an und meinte kopfschüttelnd: »Mörder von Johanna? Wie kommen Sie denn darauf?«

Jetzt begann Anna zu erzählen, von dem Bericht der Kommissarin, von ihren eigenen Nachforschungen im Landesarchiv, von ihrer Bekanntschaft mit Richards Sohn und was dieser über seinen Vater erzählt hatte und schließlich von der Begegnung ihrer Eltern mit Wilhelm Breithaus.

Während sie sprach, wechselte Frau Körners Mimik von ungläubigem Staunen zu unverhohlener Bewunderung. »Das ist ja phantastisch, was Sie herausgefunden haben!« rief sie lebhaft, als Anna geendet hatte, »aber in einem Punkt täuschen Sie sich: Johanna ist gar nicht ermordet worden!«

Bemüht um einen sachlichen Ton, ohne aber ein Zittern in ihrer Stimme verhehlen zu können, erklärte Frau Körner nach einer Pause: »Johanna ist hingerichtet worden. Sie gehörte der Widerstandsgruppe an, die die Gestapo ›Rote Kapelle‹ nannte. Jemand hat Johanna verraten, sie wurde verhaftet, verurteilt und hingerichtet. – In gewisser Weise hatte Richard natürlich recht. Johanna wurde ermordet, aber nicht von Wilhelm.«

Ganz in ihre Erinnerungen versunken schwieg Frau Körner, bis Anna fragte: »Vielleicht mache ich uns erst einmal eine Tasse Kaffee?«

Nach einer Viertelstunde hatten es sich die beiden auf dem Sofa mit ihren Kaffeetassen bequem gemacht. Frau Körners altes Fotoalbum, mit einem dunkelgrünen Lederbezug und zusammengehalten mit einer gelben, schon vergilbten Kordel, lag vor ihnen auf dem Couchtisch. »Das Album habe ich zur Konfirmation von meiner Patentante geschenkt bekommen. Ich glaube, die ersten Bilder können wir überblättern.« Ohne Hast schlug die alte Frau die schwarzen Pappseiten und das dazwischenliegende Seidenpapier um. Anna sah die sorgfältig eingeklebten Bilder, darunter jeweils Erklärungen mit weißer Tinte geschrieben. Sie las »Mein erster Geburtstag«, »Mit Mama und Papa bei den Großeltern«, »Ausflug nach Oranienburg« und ähnliches.

Dann hielt Frau Körner inne. »Hier, das sind wir, die vier Freunde: die Zwillinge, ich und Wilhelm, vor dem Eingang unseres Hauses. Wilhelms Vater hatte sich an dem Tag gerade eine Leica gekauft, den neuesten Schrei damals, und uns gleich damit fotografiert. Wir spielten damals gerade vor der Tür. Das muß Anfang der dreißiger Jahre gewesen sein.«

Anna betrachtete das braunweiße Foto mit dem weißgezackten Rand. Vier Kinder standen nebeneinander aufgebaut vor dem Hauseingang, alle erwartungsvoll in die Kamera blickend. Der größere Junge hielt einen Ball, dann kam ein zierliches Mädchen mit braunen halblangen Locken und einer Schleife im Haar. Das mußte Frau Körner sein, denn die andern beiden waren eindeutig die Zwillinge. Der Junge – dunkles, kurzes Haar mit einem schon aufgelösten Scheitel, das Mädchen – dicke, ebenso dunkle Zöpfe, die zu Affenschaukeln gebunden waren. Beide hatten dieselbe Größe, dieselbe Haltung, denselben Gesichtsausdruck. Anna staunte über die große Ähnlichkeit. Aber Frau Körner erzählte schon weiter: »Wilhelms Vater war unheimlich nett zu uns Kindern, machte mit uns seine Späße, ging mit uns Eis essen oder manchmal sogar ins Kino. Er hatte immer viel Geld, alles geerbt, glaube ich. Jedenfalls arbeitete er nicht richtig. Er besaß eine Fabrik und mehrere Häuser in der Stadt. Als Wilhelm größer wurde, waren seine Eltern oft weg, viel auf Reisen oder in ihrem Haus in Potsdam, das sehr schön am Heiligen See lag. In der Wohnung im Königsweg hatten sie eine Wirtschafterin, die auch Wilhelm versorgte.«

Das nächste Bild zeigte wieder alle vier, diesmal vor dem Parkhaus, das damals ein Milchverkaufshäuschen war. Diesmal trug die kleine Ulla den Ball und alle schauten bereits etwas entspannter in den Fotoapparat. Auf dem letzten Bild dieser Reihe spritzten sie sich am Springbrunnen am Königsweg gegenseitig naß. »Wir vier waren unzertrennlich, wohnten ja alle seit unserer Kindheit in demselben Haus und sind zusammen aufgewachsen. Wilhelm war ein Jahr älter, die Zwillinge und ich waren gleichaltrig«, fuhr Frau Körner fort und blätterte weiter.

Das nächste Bild zeigte die Aula einer Schule. Ungefähr dreißig junge, festlich angezogene Mädchen standen auf der Bühne, alle mit Zeugnismappen in den Händen. Daneben eine schwergewichtige Frau, offenbar die Direktorin. »Zuerst besuchten wir alle die beiden Volksschulen für Mädchen beziehungsweise Jungen in der Witzlebenstraße, Johanna und ich dieselbe Klasse«, sprach Frau Körner weiter. »Die Jungen wechselten dann nacheinander auf das Kaiserin-Augusta-Gymnsium in der Cauerstraße, während wir Mädchen nach der Volksschule auf die Königin-Luise-Schule gingen, ein Lyzeum in der Danckelmannstraße. Das hier ist ein Bild von unserer Entlassungsfeier. Die Schule gibt es heute nicht mehr.«

Frau Körner zeigte auf zwei stecknadelgroße Köpfe. »Das sind wir beide. Ich habe Johanna immer sehr bewundert. Ich selbst war damals eher schüchtern und unsicher, gab in Zweifelsfällen schnell nach, während Johanna ein beneidenswertes Selbstbewußtsein hatte. Sie schien nie an sich zu zweifeln und hatte vor nichts Angst. Auch in der Schule sagte sie lauthals ihre Meinung. Sogar später in der Nazizeit redete sie anfangs noch sehr sorglos drauflos, obwohl man da schon ständig mit Spitzeleien und Denunzierungen rechnen mußte. Ich beschwor sie häufig, vorsichtiger zu sein. Trotz allem war ich unheuer stolz, ihre beste Freundin zu sein. – Ach, hier ist ja noch ein Bild von den beiden Geschwistern.«

Anna sah die Zwillinge, sicher schon fünfzehn oder sechzehn Jahre alt, eingehakt den Königsweg entlanggehen. Johanna trug nun kurze Haare und sah ihrem Bruder noch ähnlicher. »Richard hatte haargenau dieselbe Art, er war eben ihr Zwilling. Ich habe später nie wieder zwei Menschen erlebt, die sich so ähnlich waren, äußerlich, aber auch in ihrem Wesen. Sie liebten sich abgöttisch. Ich war oft neidisch, wenn ich diese Verbundenheit spürte, die andere ausschloß.«

Frau Körner lehnte sich zurück und lächelte Anna entschuldigend an: »Ich selbst hatte keine Geschwister.« Umständlich nahm sie jetzt das Fotoalbum auf den Schoß. »Die Eltern von den Zwillingen kannte ich kaum. Man sagte eigentlich nur höflich ›Guten Tag‹, wenn man sich im Treppenhaus oder auf der Straße sah. Der Vater war Chemiker bei OSRAM im Wedding, die Mutter war immer sehr steif und unnahbar, ganz anders als die Kinder. Wilhelm hatte mir einmal unter dem Siegel der Verschwiegenheit erzählt, daß die Mutter heimlich zu den Zeugen Jehovas ging, die ja verboten waren, und dauernd betete und der Vater eine Freundin hätte. Keine Ahnung, ob das stimmte. Jedenfalls hatte ich immer den Eindruck, daß sich die Eltern wenig um die Zwillinge kümmerten. Als wir größer wurden, mußten sie beispielsweise nie sagen, wo sie hingehen, oder zu einer bestimmten Uhrzeit wieder nach Hause kommen. Meine Eltern wollten immer alles ganz genau wissen. Aber dadurch sind die Zwillinge vielleicht auch so selbständig geworden. Ihre Eltern sind übrigens ganz schrecklich verbrannt, als im Februar 1944 in unserem Haus die Bomben einschlugen und alles in Flammen aufging.«

Immer tiefer versank die alte Frau in ihren Erinnerungen, während sie in ihrem Album weiterblätterte und die Bilder betrachtete. »Hier rudere ich mit Wilhelm auf dem Lietzensee. Diese Fotos hat alle Herr Breithaus gemacht. Wilhelm war der vierte im Bunde. Auch ihn habe ich bewundert. Er war schon als Kind eine Führernatur, der gern bestimmte, was gemacht werden sollte. Aber er war auch immer bereit, auf andere einzugehen und stellte sich sofort um, wenn die Zwillinge bessere Ideen hatten. Ich persönlich hielt mich, wie gesagt, eher zurück. Ich fand es viel besser, wenn die anderen die Entscheidungen trafen.«

Auf der nächsten Seite war ein heiteres Sommerbild von den Jugendlichen zu sehen, die im Park auf dem breiten Weg am Wasser spazierengingen. Im Hintergrund sah man das alte Bootshaus. Aber neben den vier Freunden entdeckte Anna diesmal noch ein unbekanntes Gesicht. Die fünfte Person, ein Mädchen, das sich bei Wilhelm eingehakt hatte, lächelte unsicher in die Kamera.

Ehe Anna fragen konnte, rief Frau Körner schon: »Ach, hier ist ja sogar noch die Pute mit auf dem Bild! Wie die aussieht! Typisch!« Sie schüttelte den Kopf. »Zwei Häuser weiter, neben dem katholischen Lyzeum, Sie wissen ja, das Haus, in dem sich später das Bischöfliche Ordinariat befand, wohnte damals ein Mädchen, das eigentlich Traudl hieß, aber von uns nur die Pute genannt wurde. Der Name war Johannas Idee, paßte aber genau. Das Mädchen wollte immer mit uns mitspielen, lief uns wie ein Hündchen hinterher. Sie war uns aber zu dumm, eben eine Pute. Wir mochten sie eigentlich nicht, aber haben sie trotzdem oft mitmachen lassen. Sie war im wahrsten Sinne des Wortes das fünfte Rad am Wagen. Später war klar, daß die Pute wegen Wilhelm ständig unsere Nähe suchte, sie hatte sich in ihn verliebt. Aber er merkte es gar nicht, außerdem waren in Wilhelm immer viele Mädchen verliebt.« »Wie alt waren Sie denn auf dem Bild?« fragte Anna, die nur die Unterschrift »Wir im Park« gelesen hatte. »Ungefähr fünfzehn Jahre. Das muß etwa 1936 gewesen sein, also schon in der Nazizeit. Wir Kinder hatten bis zu dieser Zeit keine Ahnung von Politik, ganz anders als heute. Es hat uns auch nicht interessiert. Wir lebten außerdem hier am Lietzensee in einer durch und durch bürgerlichen Welt, alles ruhig, keine Schlägereien oder Kämpfe zwischen Kommunisten und Nationalsozialisten, wie zum Beispiel in der Danckelmannstraße, im ›Roten Kiez‹, wie die Gegend genannt wurde. Auch meine Eltern hatten zunächst nichts dagegen, nach dem Regierungschaos der letzen Jahre, auch mal ›Hitler auszuprobieren‹, wie mein Vater sich ausdrückte. Außerdem glaubte niemand, daß sich die Nazis lange halten würden.«

Nun verstummte Frau Körner wieder. »Wenn das Reden Sie zu sehr anstrengt, können wir auch eine Pause machen, und ich komme morgen noch einmal wieder«, sagte Anna leise und wollte schon aufstehen. »Nein, nein, ein bißchen geht noch!« beruhigte sie die alte Frau, die jetzt das Album zuklappte und sich mit beiden Händen daran festhielt. Anna spürte förmlich die Spannung, die die Erinnerungen in ihr auslösten. »Für uns Kinder veränderte sich das Leben ganz schnell. Man beschäftigte sich in der Schule plötzlich mit ganz anderen Themen. Auf einmal hatten wir staatspolitischen Unterricht. Da mußten wir zum Beispiel das Elend der letzten Jahre in der Weimarer Republik aufzählen und mit dem NS-Parteiprogramm vergleichen. Das Ergebnis stand natürlich schon vorher fest. Es war alles furchtbar langweilig. Ständig versammelten wir uns nun auch zu irgendwelchen Feiern in der Aula.«

Frau Körners altes Gesicht verzog sich ironisch: »Reichsgründungsfeier, Führers Geburtstag, Staatsjugendtag und was es sonst noch alles gab, oder zu den stundenlangen Rundfunkübertragungen. Wer da nicht andachtsvoll genug lauschte, mußte mit Strafen oder üblen Verdächtigungen rechnen. – Auch der Hitlergruß war natürlich Pflicht.«

Wieder eine Pause, aber Anna wartete einfach. »Das Schlimmste aber an den Nazis war die Behandlung der Juden. Es war furchtbar! – Und man konnte doch gar nichts machen!« Frau Körner schluckte, wischte sich mit zitternder Hand über die Augen und flüsterte noch einmal: »Was hätte man denn machen können? Man brachte sich ja selbst in Gefahr!« Dann wieder lauter: »In der Schule verschwanden plötzlich gute und beliebte Lehrer, weil sie Juden waren. Neue kamen dafür, meistens fanatische Nazis, die einem Angst einjagten. Wir hatten noch drei jüdische Mädchen in der Klasse, mit einer, Walburga Goldstein, war ich befreundet, und wir saßen zeitweise zusammen auf einer Bank. Ich war eine bessere Schülerin als Walburga und ließ sie oft abschreiben. Unser Physiklehrer, ein ganz ekelhafter Nazi, hat ihr einmal für ein Arbeit eine Vier minus gegeben, obwohl sie sie wörtlich bei mir abgeschrieben hatte. Ich bekam eine Zwei-bis - Drei! Und keiner durfte etwas sagen! Dann gab es plötzlich das neue Fach Rassekunde. Widerlich! Es war mir peinlich, wie wir mit den Apparaten uns gegenseitig die Köpfe messen und uns dann nach der Kopfform einstufen mußten, zu welcher Rasse man gehörte, westisch, ostisch oder was weiß ich.

Als wir lernten, daß eine jüdische Frau mit ihrem Blut einen arischen Mann verseuchen würde, protestierte Walburga empört. Sie tat uns leid und ich glaube, die meisten Mitschülerinnen schämten sich, aber einen offenen Protest hat es nie gegeben. Auch die anständigen Lehrer haben aus Angst um ihre berufliche Existenz alles mitgemacht, wenn auch viele mit schlechtem Gewissen. Ich habe ja auch nur im Innern die Nazis verabscheut, äußerlich habe ich mich angepaßt und war immer darauf bedacht, nicht aufzufallen. Aber eines muß ich doch sagen, ich war nie in einer Nazi-Organisation, obwohl einige Mitschülerinnen mit ihren wöchentlichen Heimabenden beim BDM oder den schönen Wanderfahrten prahlten, die fast nichts kosteten.«

Während Frau Körner nun wieder das Album aufschlug, fuhr sie fort: »Die andern drei reagierten ganz anders auf die neue Zeit. – Warten Sie, da muß ich noch ein Foto haben.«

Unruhig blätterte sie im Album. »Hier!«

Anna sah eine Gruppe von Jugendlichen in HJ-Uniform, die offensichtlich gerade dabei waren, auf einer Wiese ein Zelt aufzubauen. Frau Körner zeigte auf einen von ihnen, der in die Kamera lachte: »Das ist Wilhelm! – Ich war entsetzt, als er uns eines Tages strahlend seine neue HJ-Uniform vorführte. Er war freiwillig in die HJ eingetreten, erklärte, endlich würde eine neue Zeit anbrechen, es würde vorwärts gehen und er würde dabei sein. Ich war genauso entsetzt, als mir Johanna wenig später mitteilte, daß sie und Richard mit irgendwelchen Studenten heimlich Flugblätter verteilten, und mich fragte, ob ich nicht mitmachen wollte. Ich lehnte natürlich ab. Ich beschwor sie im Gegenteil, damit aufzuhören. Das war doch lebensgefährlich! Aber sie winkte nur ab. Es war klar, daß unter diesen Umständen unsere Freundschaft nicht gerade zerbrach, aber im Sande verlief. Jeder ging nun seine eigenen Wege. Ab und zu trafen wir uns zufällig, wir wohnten alle noch im selben Haus. Später im Krieg während der Luftangriffe saßen wir manchmal zusammen mit den anderen Hausbewohnern im Luftschutzkeller, aber an verschiedenen Plätzen, ohne viele Worte zu wechseln. Jeder war dem anderen fremd geworden und verabredete Treffen wie früher fanden nicht mehr statt. Ich glaube, keiner von uns vieren hat unter dieser Entfremdung so gelitten wie ich. Nach unserm Schulabschluß und dem Pflichtjahr fing ich mit siebzehn Jahren eine Lehre als Blumenverkäuferin an, heute würde man Floristin sagen, in einem großen Blumengeschäft in Halensee. Von Kindheit an liebte ich Blumen und Pflanzen und habe immer mit Begeisterung in unserem Schrebergarten an der Rönnestraße gegärtnert. Mein größter Traum war ein eigenes Blumengeschäft.

Johanna, die eine ausgeprägte künstlerische Begabung hatte, wollte Modezeichnerin werden und begann in einem Bekleidungshaus in der Wilmersdorfer Straße zu lernen. Als sie dann nach zwei Jahren durch Zufall den damals ziemlich bekannten Keramiker Henrik van Daalen kennenlernte, der sie in seine Werkstatt am Spandauer Damm einlud, war Johanna so begeistert von der freien, kreativen Atmosphäre in der Werkstatt und den Künstlern, die dort arbeiteten, daß sie beschloß, ihre Lehre abzubrechen und eine Ausbildung als Keramikerin zu beginnen.

Richard hatte nach dem Abitur seinen Reichsarbeitsdienst abgeleistet und durfte bis zu seiner Einberufung zur Wehrmacht noch studieren. Er begann ein Maschinenbaustudium an der Technischen Hochschule in Charlottenburg. Wilhelm studierte bereits seit einem Jahr an der Juristischen Fakultät der Friedrich-Wilhelm-Universität Unter den Linden. Bei uns zu Hause gab es auch viele Veränderungen, leider nur zum Schlechten.«

Wieder begann Frau Körner ein bestimmtes Bild zu suchen. »Hier, meine Eltern an ihrer Silberhochzeit, 1934.«

Diesmal betrachtete Anna keinen Schnappschuß, sondern das postkartengroße Foto eines Berufsfotografen, der sein Handwerk verstand. Nebeneinander auf einem eleganten Sofa sitzend schauten die Eltern feierlich und mit sich und der Welt zufrieden in die Kamera, ganz würdiges Silberpaar.

Während Frau Körner ihre Eltern betrachtete, fuhr sie fort: »Ich wurde sehr spät in der Ehe geboren, meine Eltern hatten schon die Hoffnung auf ein Kind aufgegeben und waren dann besonders glücklich über mich. Zu diesem Zeitpunkt ging es meinen Eltern noch gut, aber dann haben die Nazis meinen Vater und unsere ganze Familie ruiniert. Mein Vater gehörte als Jurist seit vielen Jahren dem Vorstand der »Levywerke Elektrizitäts-Aktiengesellschaft« an, die ihren Sitz in Charlottenburg an der Bismarckstraße hatte.

1935 wurden die Werke arisiert, d.h. der jüdische Besitzer Herr Levy wurde mit den übelsten Methoden gezwungen, seinen Aktienbesitz an die Deutsche Bank zu verkaufen. Mein Vater, der einzige Nicht-Jude im Vorstand, kämpfte verzweifelt gegen den Verkauf, konnte ihn aber nicht verhindern. Nach der Übernahme der Werke durch die Bank ließ er sich auf eigenen Wunsch vorzeitig in den Ruhestand versetzen. Es war für ihn ausgeschlossen, mit diesen Verbrechern, wie er die neuen Vorstandsmitglieder nannte, zusammenzuarbeiten.

Aber er hatte keine Freude mehr am Leben, er war ein verbitterter alter Mann mit einer bescheidenen Rente, der untätig zu Hause herumsaß und zerfressen wurde von seinem Haß auf die Nazis. Sein altes Herzleiden, an dem er schon lange gelitten hatte, verschlimmerte sich, er wurde immer schwächer. 1943, kurz vor Weihnachten starb er.

Ich war froh, als ich 1941 meine Ausbildung beendet hatte und in meinem Blumenladen eine richtige Anstellung bekam, so daß ich nun für mich selbst sorgen konnte und meinen Eltern nicht mehr auf der Tasche lag. –

Wilhelms Eltern wohnten jetzt überwiegend in Potsdam, nachdem der Sohn studierte und in der Wohnung in der Wundtstraße allein leben konnte. Außerdem stieß sie vermutlich Wilhelms politische Einstellung ab, weil sie selbst Gegner des Nazi-Regimes waren, wie ich nach Kriegsende erfuhr. Ich weiß bis heute nicht, ob Wilhelm ein richtiger Nazi war. Sicher, er war in die SA eingetreten, aber nur, um studieren zu können, wie er beteuerte. Er verkehrte in den entsprechenden Kreisen und galt als hoffnungsvoller Nachwuchs. Außerdem sah er gut aus, war klug und intelligent, konnte charmant plaudern und wurde auf Festen schnell der Mittelpunkt unter den Damen. Dennoch glaube ich, daß Wilhelm vieles an der Nazi-Ideologie und erst recht an den Praktiken und Verbrechen dieses Staates abgestoßen hat. Aber er war ein Opportunist, er hätte sich an jedes Regime angepaßt, wenn er nur sein Ziel erreichte, unter allen Umständen eine glänzende berufliche Karriere zu machen und zu denen zu gehören, die ganz oben stehen.

Trotzdem haben mich damals bei Wilhelm seine ständigen Bemühungen überrascht, mich und die Zwillinge in seine Wohnung einzuladen, zu einem Gespräch in alter Freundschaft und fern der Politik, wie er sich ausdrückte. Er trauerte offensichtlich, genau wie ich, sehr der alten Vertrautheit zwischen uns nach. Aber Johanna und Richard wollten nie.«

Frau Körner schwieg, minutenlang herrschte Stille. »Wenn es Ihnen recht ist, Anna, erzähle ich morgen weiter, ich bin müde geworden«, sagte sie.

Anna nickte.

10

Ende Juli 1942. Kriegssommer. Sonne, blauer Himmel, ein warmer Tag, morgens um halb neun Uhr.

Ulla Körner, hübsch anzusehen mit ihrem hellblauen, weißgepunkteten Baumwollkleid und dem kleinen Strohhut auf ihren braunen Haaren, verließ das Haus und ging mit schnellen Schritten die Wundtstraße hoch zum S-Bahnhof Witzleben. Sie sah frischer aus, als sie sich fühlte. Wie die vergangenen Nächte war auch die letzte Nacht kurz und unruhig gewesen, denn kaum war sie eingeschlafen, wurde sie schon wieder vom Heulen der Sirenen geweckt. Luftangriff! Nur mit größter Überwindung verließ sie ihr warmes Bett und zog sich schlaftrunken an. Anschließend ging sie ins Schlafzimmer der Eltern und half der Mutter beim Ankleiden des Vaters. Wie gewöhnlich wehrte sich dieser heftig und knurrte: »Laßt mich in Ruhe! Ich geh nicht in den Keller! Ich will sterben!« während die beiden Frauen mit vereinten Kräften ihm die bereitliegenden Kleidungsstücke überzogen. Dann führten sie den alten Mann vorsichtig – der Fahrstuhl funktionierte schon lange nicht mehr – die Treppen hinunter. Wie immer waren sie die letzten, die ihre Plätze auf den harten Bänken im Luftschutzkeller einnahmen.

Als Ulla und ihre Mutter einmal, des Ziehens und Zerrens überdrüssig, tatsächlich den Vater im Bett hatten liegenlassen, stellte sich bei ihrem Eintreten in den Keller der Luftschutzwart Hartmann, ein Schloßermeister und strammer PG, drohend in den Weg und bellte sie an: »Wo ist Herr Körner? Ich bin für die Sicherheit der Hausbewohner verantwortlich. Niemand darf sich nach dem Ertönen der Sirene in seiner Wohnung aufhalten.«

Ulla erklärte höflich: »Mein Vater ist schwer krank, wir haben es nicht geschafft ihn hierherzubringen. Können wir nicht heute einmal eine Ausnahme machen?«

Aber der Luftschutzwart kannte keine Gnade: »Holen Sie ihn sofort herunter, sonst muß ich ihn melden. Das kostet ihn drei Monate Gefängnis!« Gefängnis! – Mach dich doch nicht lächerlich! dachte Ulla, widerstrebend kehrte sie mit der Mutter um. Als sie endlich mit dem Vater wieder im Keller eintrafen, ertönte nach wenigen Minuten die Entwarnung. Die ganze Anstrengung war umsonst gewesen.

Auch in der vorhergegangenen Nacht saß Ulla zwei Stunden lang zusammengekauert neben ihren Eltern im Luftschutzkeller. Sie hatte sich immer noch nicht an die Luftangriffe gewöhnen können. Jedesmal überkam sie eine panische Angst, wenn sie das Brummen der Flugzeuge hörte, das Dröhnen der Flak und die weitentfernten Einschläge der Bomben. Bisher waren noch keine Häuser am Lietzensee getroffen. Wenn es aber soweit käme? Das halte ich nicht aus, dachte sie. Fast bewundernd beobachtete sie die meisten anderen Frauen und Männer des Hauses, die, kaum berührt von den schrecklichen Vorgängen draußen, sich unterhielten, lasen, strickten oder sich sonst irgendwie die Zeit vertrieben. Als endlich die Entwarnung erfolgte, war es bereits nach Mitternacht.

Obwohl Ulla noch eine halbe Stunde Zeit hatte und das Blumengeschäft in Halensee, in dem sie arbeitete, nur zwei Stationen entfernt lag, beeilte sie sich, zum S-Bahnhof zu kommen. Man wußte nach einem Angriff nie, ob und wie pünktlich der Zug kam. Zwanzig Minuten stand Ulla in der Menge auf dem Bahnsteig, bis endlich ein Zug einrollte und sie sich mit den übrigen Wartenden in die bereits überfüllten Abteile drängte.

Trotzdem schloß sie pünktlich um neun Uhr den Laden am Henriettenplatz auf. Zu ihrem großen Kummer hatte das Geschäft im Laufe des Krieges sehr nachgelassen, und der Laden stand halb leer, denn für ihren Chef, Herrn Meissner, wurde der Einkauf der Ware täglich schwieriger. Dieser freute sich aber über Ullas großes Geschick, aus den wenigen Blumen ansprechende und üppig wirkende Sträuße zu binden. Auch die Zahl der Kunden war stark zurückgegangen. Wer gab schon in diesen Notzeiten Geld für Blumen aus?

Als Ulla nun einige Sträuße vor den Laden gestellt und gerade die Markise aufgerollt hatte, kam der erste Kunde. »Werner«, rief sie überrascht, »du bist hier? Hast du heute keine Praxis?« Sie lachte und küßte ihn auf den Mund.

Mit Werner Neuhaus, einem jungen Mann, der gerade seine Facharztausbildung in einer Praxis für Kinderheilkunde absolvierte, war Ulla seit geraumer Zeit eng befreundet. Nachdem er sich einmal von ihr einen bunten Sommerstrauß hatte binden lassen – zum Geburtstag seiner Mutter, wie er beiläufig bemerkte –, wurde er Stammkunde im Blumengeschäft am Henriettenplatz. Sein Bedarf an Blumensträußen nahm in der folgenden Zeit unerwartete Ausmaße an, bis er schließlich eines Tages Ulla einen soeben von ihr selbst gebundenen Strauß sämtlicher im Laden vorhandener roter Rosen, nämlich vier an der Zahl, überreichte und sie für den Abend zum Essen einlud. Längst hatte Ulla auf diesen Moment gewartet.

Seitdem verbrachten die beiden viel Zeit miteinander. Sie fuhren am Wochenende zusammen ins Grüne oder jetzt bei diesem herrlichen Sommerwetter in das meistens überfüllte Freibad Wannsee zum Baden. In diesem Sommer herrschte überall in der Stadt bis in die Nacht hinein ein hektischer Betrieb, obwohl man sich im dritten Kriegsjahr befand. Wenn Ulla abends auf dem Kurfürstendamm mit Werner spazierenging, staunte sie, wie sich dort die flanierenden Menschen drängten und Cafés und Kinos bis auf den letzten Platz besetzt waren. Jeder schien unter allen Umständen sich amüsieren und den tristen Kriegsalltag vergessen zu wollen. Sehr beliebt waren auch die nachmittäglichen Tanztees in den Cafés. Ulla und Werner gingen am liebsten im Haus Vaterland am Potsdamer Platz tanzen. Allerdings hatte im Laufe des Krieges sein Ambiente sehr gelitten, jetzt waren die Fenster mit Pappe zugeklebt, die Palmen vertrocknet und verstaubt, und der Kaffee schmeckte schon lange nicht mehr. Groß war ihre Enttäuschung, als Anfang Juli das Tanzen in der Öffentlichkeit gänzlich verboten wurde.

Bald wußten sie, daß sie für immer zusammenbleiben und heiraten wollten. Ulla hatte Werner bereits ihren Eltern vorgestellt, und sie selbst war auch schon einmal bei seiner Mutter zu Besuch gewesen, einer vergrämten Witwe, mit der Werner noch in der elterlichen Wohnung in der Bleibtreustraße zusammenlebte. Gewöhnlich holte Werner, dessen Praxis am Vormittag von neun bis zwölf Uhr geöffnet war, Ulla auch in ihrer Mittagspause ab und sie aßen dann auf einer Bank am Henriettenplatz gemeinsam ihre mitgebrachten Stullen. Heute aber wunderte sich Ulla über Werners Besuch, nicht nur wegen der ungewöhnlichen Uhrzeit, es war kurz vor halb zehn, sondern auch wegen seines ernsten Gesichtsausdrucks. »Ist etwas passiert?« fragte sie daher beunruhigt. »Ja«, er schaute sie sorgenvoll an, »ich sage es dir am besten gleich. – Ich habe heute früh meinen Einberufungsbefehl bekommen.«

Ulla erschrak. »Nein«, flüsterte sie tonlos, »das darf nicht sein. Du bist doch noch freigestellt, bis du deine Ausbildung beendet hast. Und du bist doch noch so jung.« »Das gilt jetzt alles nicht mehr. Nächste Woche geht mein Zug an die Ostfront.« Werner zog Ulla an sich. »Nach Rußland«, stöhnte sie und ließ den Kopf an seine Schulter sinken. Sie begann leise zu weinen. Dann hob sie den Kopf und sagte laut und zornig: »Ich will keinen Krieg. Ich will nicht, daß du stirbst. Die Nazis sollen ihren Krieg allein machen. Diese Verbrecher – stürzen alle Menschen ins Unglück und sie selbst ...«, mit einer schnellen Geste hielt Werner ihr den Mund fest zu und sagte betont unbefangen: »Heil Hitler, wie geht's denn, Herr Heinrich?«

Der am meisten gefürchtete und verhaßte Mann des ganzen Viertels, der Blockwart ihres Hauses, hatte den Laden betreten. Aber er sah nicht so aus, als ob er Blumen kaufen wollte. »Heil Hitler, mir geht's gut. Aber was ist denn hier los. Was habe ich gerade gehört? Wen meinten Sie denn mit Verbrechern?« fragte er Ulla drohend. »Ach, nichts«, lächelte Werner ihn begütigend an, »Fräulein Körner hat mir nur von einem Film erzählt, den sie gestern gesehen hat.« »Das will ich doch hoffen«, sagte der Blockwart und dann mit schneidender Stimme: »Passen Sie ja auf, Fräulein Körner, was Sie sagen. Sonst landen Sie dort, wo alle Feinde unseres geliebten Führers hingehören! Heil Hitler!« Damit verließ er das Blumengeschäft.

Werner und Ulla atmeten auf. »Ich muß jetzt gehen«, sagte Werner leise und streichelte zärtlich über Ullas blasses Gesicht. »Es ist noch viel zu besorgen. Auch um meine Mutter muß ich mich kümmern. – Wir sehen uns aber heute abend, nicht wahr? Ich komme dich nach Ladenschluß abholen.«

Er küßte sie: »Ich liebe dich so sehr! Hab keine Angst! Es wird alles gut gehen!«

Wieder begann Ulla heftig zu schluchzen.

Kurze Zeit später parkte ein verdreckter Lieferwagen vor dem Laden, ein älterer, kräftiger Mann sprang heraus und während er die hintere Klappe öffnete, schrie er schon: »Ulla, kannst du tragen helfen? – Ich habe einen tollen Fang gemacht, sieh mal die Rosen und Margeriten, sogar Nelken! So schöne Blumen hatten wir schon lange nicht mehr!«

Ullas Chef fuhr mehrmals in der Woche weite Strecken über Land, um Blumen einzukaufen, meist nur mit geringem Erfolg. Aber heute war er mit einer vollen Wagenladung schönster Blumen zurückgekommen.

Ulla putzte sich noch einmal die Nase und trat dann mit rotgeweinten Augen auf die Straße. »Wie siehst du denn aus? Was ist denn passiert?« rief Herr Meissner und ließ vor Schreck beinahe einen Kasten mit Petunien fallen.

In den fünf Jahren, die Ulla bei ihm arbeitete, drei davon als Lehrling, war er zu einem zuverlässigen und väterlichen Freund geworden, außerdem war er ein hervorragender Blumenkenner und Gärtner, bei dem sie viel lernte. Nach ihrer Abschlußprüfung, die sie auch dank seiner Hilfe mit »sehr gut« bestanden hatte, beschloß Herr Meissner, sie nun zu siezen. Ulla aber war geradezu empört über soviel Distanz und bestand auf dem Du, in das er dann schmunzelnd einwilligte.

Beim Ausladen und Einräumen der Blumen erzählte Ulla von dem Unglück, das sie und Werner getroffen hat, während Herr Meissner sie ständig empört, aber mit gedämpfter Stimme unterbrach, um sie zu bedauern und auf die Nazis zu schimpfen.

Die Tage bis zu Werners Abreise waren für beide kaum zu ertragen. Mit verkrampfter Heiterkeit versuchten sie, sich gegenseitig Mut zu machen und trösteten sich mit dem Gedanken an Werners ersten Urlaub. Sie verlobten sich – Werner hatte nach mehreren vergeblichen Versuchen bei einem Juwelier in Spandau sogar passable Eheringe erstanden –, aber Angst vor Trennung und Tod lähmte sie.

Dann kam der endgültige Abschied am Frontzug, auf dessen Lokomotive mit weißer Kreide geschrieben war: »Räder müssen rollen für den Sieg«. Für den Tod, dachte Ulla. Nach der letzten Umarmung, dem letzten Kuß, als Ulla blind vor Tränen dem abfahrenden Zug nachsah, hörte sie laut eine Frauenstimme neben sich sagen: »Glauben Sie mir, das gute Deutschland geht nicht unter!« und während die Umstehenden erschrocken: »Nicht so laut!« tuschelten, antwortete Ulla verzagt: »Hoffentlich behalten Sie recht.«

Vier Wochen später bekam Werners Mutter von seiner Kompanie die Nachricht, daß ihr Sohn am 31. August 1942 in Butikowen/Kreis Demjansk in Weißrußland durch Kopfschuß gefallen war.

11

Frau Körner saß an ihrem Küchentisch und frühstückte. In Gedanken versunken goß sie sich zuviel Milch in den Kaffee. Wann habe ich das letzte Mal von Werner geträumt, dachte sie. Das muß Jahrzehnte her sein. Mein Gott, Werner, wenn du nicht getötet worden wärst! Ich wäre ein ganz anderer Mensch geworden, hätte ein völlig anderes Leben geführt. Wir würden jetzt beide hier am Frühstückstisch sitzen und glücklich sein. Hätten liebe Kinder und Enkel und sogar schon Urenkel, wie der kleine Max. Trauer über ihr vertanes Leben wollte sie überwältigen, aber sie schüttelte energisch die Gedanken ab. Du hast einen Sohn, der dich sehr liebt, sagte sie sich. Du hast zwei Enkelinnen und auch einen Urenkel, die sicher auch sehr nett sind, du kennst sie nur nicht richtig. Und Frau Körner beschloß, den Kontakt zu ihren Enkelinnen wieder aufzunehmen und sie nach Berlin einzuladen.

Während sie das Geschirr zusammenstellte, versuchte sie, sich John vorzustellen, den Sohn von Richard, den sie heute Abend kennenlernen sollte. Sie spürte, wie ihr Herz schneller schlug bei diesem Gedanken. Ob er mit seinem Vater Ähnlichkeit hatte?

Als der Abend endlich gekommen war, hatte sich das Wetter abgekühlt, es regnete und ein gemütliches Beisammensein mit Kerzenlicht auf dem Balkon fiel ins Wasser.

John, der sich bei Anna und Martin schon fast wie zu Hause fühlte, saß bereits in der Sofaecke und berichtete von seinem Besuch im Pergamon-Museum, in dem er heute fast den ganzen Tag verbracht hatte. Er hatte sich erinnert, wie sein Vater einmal begeistert von diesem berühmten Museum erzählte, besonders natürlich von dem Pergamon-Altar. Nun hatte John heute davorgestanden, sich nicht nur an der Schönheit der kunstvoll gearbeiteten Figuren erfreut, sondern wieder das Gefühl gehabt, dem Vater nahe zu sein.

Schließlich kam auch die alte Nachbarin, fein angezogen, mit der obligatorischen Perlenkette um den Hals und einer Schachtel Konfekt für Anna in der Hand. Als Frau Körner dann John gegenüberstand, starrte sie ihn zunächst fast ungläubig an: »Unfaßbar die Ähnlichkeit mit Ihrem Vater! Ich dachte im ersten Moment, Richard würde vor mir stehen! – Aber das ist ja leider unmöglich geworden«, fügte sie hinzu.

John schüttelte ihre Hand: »Und ich freue mich ebenso, eine Freundin meines Vaters kennenzulernen. Ich hoffe ja, Sie können mir einiges von ihm erzählen.« »Sehr gern!« antwortete Frau Körner und während sie sich nun im Wohnzimmer umsah, bemerkte sie: »Wissen Sie eigentlich, daß die Familie Sobernheim in der gleichen Wohnung wohnte, nur im dritten Stock?«

John blickte sich gerührt um: »So sah also auch die Wohnung meines Vaters aus?«

»Dann machen wir erstmal einen Rundgang durch die Wohnung und Frau Körner, Sie erzählen uns, wie die Wohnung von Richards Familie ausgesehen hat!« schlug Martin vor.

Und wie eine Touristengruppe bei einer Schloßbesichtigung liessen die drei sich von Frau Körner durch die Wohnung führen und lauschten ihren Erklärungen. Als sie leise die Tür von Max' Zimmer öffneten und hineinblickten, flüsterte Frau Körner: »Das war Richards Zimmer, und das Bett stand genau an derselben Stelle!«

Später saßen sie im Wohnzimmer zusammen, draußen dämmerte es bereits, die Fenster standen offen, Anna hatte Kerzen angezündet, und während sie aßen und tranken und sich unterhielten, seufzte Frau Körner tief auf vor Zufriedenheit.

Schließlich meinte Anna: »Ich glaube, Frau Körner, Sie müssen jetzt allmählich weiter erzählen, sonst wird die Zeit knapp.«

Frau Körner nickte. »Unser Gespräch gestern hat mich ziemlich aufgewühlt, aber es tat mir gut. Heute nacht habe ich seit langer Zeit wieder von Werner geträumt. Ihr kennt ihn nicht, aber er gehört auch dazu, und ich muß jetzt erst von ihm erzählen.« Und während draußen in der Dämmerung leise der Regen rauschte, erzählte die alte Frau die Geschichte ihrer großen Liebe.

Als sie geendet hatte, sagte John nach einer Pause: »Was Sie alles durchmachen mußten! – Also dann ist Werner der Vater Ihres Kindes?«

Jetzt lächelte Frau Körner gequält: »Nein, er ist nicht der Vater meines Kindes. – Und ich bin noch nicht einmal am Ende, ich habe noch ganz andere Dinge erlebt.« Ihre Stimme zitterte: »Ihr müßt entschuldigen. Es fällt mir schwer darüber zu sprechen. – Wilhelm Breithaus ist der Vater von Joachim.«

Die drei sahen sie überrascht an.

Anna wagte nicht zu fragen, ob sie ihn später dann auch geliebt hätte, stattdessen erkundigte sie sich vorsichtig: »Warum haben Sie Wilhelm denn nicht geheiratet?«

Frau Körner lachte kurz auf: »Ganz einfach! Er wollte nicht. Er sagte, er liebt mich nicht!«

12

Nachdem Werners Mutter die Benachrichtigung über den Tod ihres Sohnes erhalten hatte, schrieb sie seiner Braut eine Postkarte und bat um ihren Besuch. Herr Meissner hatte Ulla den Nachmittag freigegeben. Unruhig und voller böser Ahnungen wartete sie an der Straßenbahnhaltestelle am Kurfürstendamm, um in die Bleibtreustraße zu fahren, aber die Bahn kam, wie so häufig, nicht. Eine alte Frau mit einem kleinen Mädchen, beide mit dem gelben Stern, liefen vorbei. Ulla wurde blaß und schaute die beiden gequält an. Sie fröstelte, eng schlang sie ihre Strickjacke um ihr dünnes Sommerkleid. Schließlich hielt sie das tatenlose Herumstehen nicht länger aus und machte sich zu Fuß auf den Weg zu Werners Wohnung.

Eine ältere Frau mit verweinten Augen, die sich als Schwester der Mutter vorstellte, öffnete die Tür. »Gut, daß Sie gekommen sind! Werner ist gefallen. Meiner Schwester geht es sehr schlecht. Ich weiß nicht, ob sie den Tod ihres einzigen Sohnes überleben wird. Seit sie die Nachricht bekommen hat, ißt und spricht sie nicht mehr. Ich weiß nicht mehr, was ich machen soll.«

Mit diesen Worten führte sie Ulla in das Wohnzimmer, wo Werners Mutter tiefschwarz gekleidet mit leerem Blick und wie versteinert in einem Sessel saß. »Grete, Besuch für dich!« rief die Schwester, aber es erfolgte keine Reaktion.

Ulla sah sich um, sie war an der Tür stehengeblieben.

Was mache ich hier? dachte sie plötzlich, hin- und hergerissen zwischen Widerwillen und Trauer. Was gehen mich diese fremden, schwarzen Frauen an? Werner gehört zu mir, mir wurde er weggenommen. Sie gab sich einen Ruck, trat zu der alten Frau hin und setzte sich in den danebenstehenden Sessel. »Frau Neuhaus«, sagte Ulla nur und ergriff ihre kalte Hand.

Dann fing Ulla langsam an zu weinen, mit gesenktem Kopf und geschlossenen Augen saß sie da und ließ die Tränen einfach über das Gesicht laufen. Sie hatte alles um sich herum vergessen und weinte über den toten Werner und ihr eigenes zerstörtes Leben. Nach einer Weile stand sie auf, ging hinaus und lief den ganzen

Weg zu Fuß nach Hause. Wie betäubt hastete sie die lange Kantstraße hinunter. Sie sah nicht die Trümmer, die auf dem Bürgersteig herumlagen. Sie stolperte darüber hinweg. Einmal fiel sie lang hin und schlug sich das Knie blutig. Macht nichts, bloß weiter, dachte sie. »Mädel, paß doch auf!« Ein alter Mann riß sie zurück, als sie fast in ein Auto gelaufen wäre. Sie spürte die Blicke der Umstehenden. Nur weg hier, nach Hause.

Plötzlich trat ein Junge in HJ-Uniform ihr in den Weg und hielt ihr eine Sammelbüchse vor das Gesicht: »Heute schon für die Volksgemeinschaft gespendet?« Ohne es zu merken, schlug sie ihm mit einer abwehrenden Handbewegung die Büchse aus der Hand. »Das wirst du bereuen!« schrie er ihr wütend hinterher, während er sich nach seiner Sammelbüchse bückte.

Ulla nahm es gar nicht wahr, nur schnell nach Hause, allein sein, mit niemandem reden müssen und ohne Hemmungen weinen können.

Die Eltern sind im Garten, fiel ihr ein und sie atmete erleichtert auf. Auch wenn das Wetter jetzt kühler geworden ist, bleiben sie dort sicher noch einige Tage. Jetzt hatte sie schon die Neue Kantstraße erreicht, lief hinter der Jugendstilbrücke den schrägen Weg hinunter in den Lietzenseepark. Heute sah sie nicht die Bänke mit der Aufschrift »Für Juden verboten«, nicht am Spielplatz die Schautafel mit der neuesten Ausgabe des »Stürmers«, deren Anblick sie sonst kaum ertragen konnte. Wie blind hastete sie weiter, vorbei am Kriegerdenkmal und wieder hinauf zur Wundtstraße. Als sie endlich ihre Haustür aufschloß und in den Flur stürzte, prallte sie mit Wilhelm zusammen. »Ulla, was ist denn mit dir los?« rief Wilhelm, erschrocken bei ihrem Anblick und hielt sie fest. »Nichts, laß mich in Ruhe!« Ulla wollte sich aus dem Griff befreien, aber sie hatte keine Kraft mehr. »Werner ist gefallen!« schluchzte sie und brach fast zusammen. »Das ist ja furchtbar!« Wilhelm streichelte über Ullas wirre Haare, während sie sich an ihn lehnte und von Weinkrämpfen geschüttelt wurde. »Du darfst jetzt nicht allein sein!« meinte er besorgt. »Komm, wir gehen zu mir. Wir setzen uns zusammen und du erzählst mir alles. Das wird dich etwas beruhigen!«

Ulla riß sich los. »Das ist sehr nett gemeint von dir, Wilhelm, aber bitte laß mich in Ruhe!« Schnell lief sie an ihm vorbei die Treppe hoch und flüchtete in ihre Wohnung.

Der Nachmittag verging. Ulla lag auf ihrem Bett, sie konnte nichts tun, nichts denken, nur weinen. Einmal war sie vor Erschöpfung eingeschlafen, für kurze Zeit erlöst von ihren quälenden Gedanken. Nach dem Aufwachen fielen sie mit doppelter Kraft über sie her.

Gegen Abend klingelte es. Wilhelm stand vor der Tür: »Geht es schon etwas besser?« fragte er vorsichtig und als Ulla verneinend den Kopf schüttelte, ergriff er ihre Hand und wiederholte seine Einladung: »Komm mit mir! Es ist nicht gut für dich, jetzt allein zu sein. Komm, wir setzen uns zusammen wie in alten Zeiten und sprechen über alles. Vielleicht können ja sogar Richard und Johanna dazukommen. Wir sind doch alte Freunde.«

Wahrscheinlich hat er recht, dachte Ulla, ich werde hier in der stillen Wohnung noch den Verstand verlieren. Sie nickte: »Gut. Ich komme nachher.«

Als sie nach einer halben Stunde Wilhelms Wohnung betrat, ohne die Zwillinge, die nicht zu Hause gewesen waren und sich vermutlich auch nicht angeschlossen hätten, kam sie sich vor wie zurückversetzt in alte, glückliche Zeiten. Wie oft hatten sie zu viert als Kinder bei Wilhelm gespielt, der viel mehr und viel schöneres Spielzeug besaß als die anderen. Am meisten hatte sie sich immer gefreut, wenn alle um die neue große Märklin-Eisenbahn-Anlage herumsaßen und die Züge über die Gleise sausen ließen. Und wenn dann noch die Tür aufging und Wilhelms schöne Mutter den Kindern Rote Grütze mit Vanillesoße brachte, war für Ulla das Glück vollkommen. Auch später noch als Jugendliche saßen sie oft in Wilhelms Zimmer zusammen, unterhielten sich, lachten oder hörten Musik, denn Wilhelm besaß natürlich auch ein Grammophon und die neuesten Platten.

Ulla nahm sich zusammen, sie wollte nicht schon wieder weinen. Noch im Flur stehend, schaute sie sich um und betrat dann das Wohnzimmer. Es sah alles noch genauso aus wie früher. Sogar die Reproduktion der »Toteninsel« von Böcklin, die ihr als

Kind so unheimlich vorkam, hing noch über dem Sofa. Die Fenster waren schon verdunkelt, die Gardinen zugezogen. Ulla nahm auf dem Sofa Platz.

Jetzt kam Wilhelm, der in der Küche verschwunden war, mit einem Schälchen voller Kekse herein, stellte es auf den Tisch und setzte sich neben Ulla. »Nichts hat sich hier verändert«, meinte sie nachdenklich, »nur wir. Und was ist aus uns geworden? Was hat Hitler aus uns gemacht? Unglückliche Menschen in Todesangst!« »Ach, Ulla, so darfst du das nicht sagen. Natürlich bist du wegen Werners Tod jetzt unglücklich. Aber sieh doch nicht alles so schwarz!« Beruhigend begann Wilhelm auf sie einzureden, sprach von der Notwendigkeit dieses Krieges, in den die anderen Völker Deutschland gegen seinen Willen gezwungen hätten, von den Opfern, die ein jeder für sein Vaterland auf sich nehmen müsse, und von der Zeit nach dem großen Sieg, in der alle, auch sie ein Leben in Frieden und Glück führen würden.

Wilhelms Worte und seine sanfte Stimme überzeugten Ulla nicht, aber sie war zu müde, um zu widersprechen. Vielleicht, dachte sie und sie wünschte es in diesem Moment innig, hat er wirklich Recht, und alles Unglück, Krieg und Tod hat seinen Sinn.

Nach einer Weile verließ Wilhelm den Raum und kam mit einer Flasche Rotwein zurück. »Wie wär's mit einem Gläschen Bordeaux, dem Lieblingswein meines Vaters?« fragte er, während er zwei Gläser aus dem Schrank nahm. »Der berühmteste Wein Frankreichs!«

Aber als er Ulla eingießen wollte, hielt sie ihre Hand über ihr Glas: »Bitte nicht für mich! Ich vertrage nichts und heute bin ich dazu wirklich nicht in der Stimmung.« »Natürlich verstehe ich das. Aber mir zuliebe nur ein kleines Schlückchen, Ulla!«

Wilhelm schaute sie bittend an: »Auch wenn du es vielleicht für taktlos hältst, bitte ich dich doch, mit mir anzustoßen! Ich habe nämlich einen Grund zum Feiern. – Natürlich will ich nicht richtig feiern«, verbesserte er sich hastig, als er Ullas Gesicht sah, »sondern eben nur kurz mit dir anstoßen.« »Was willst du denn feiern?« fragte sie, denn sie wußte, daß er bereits im Juni sein erstes juristisches Staatsexamen abgelegt hatte. Das konnte nicht der Grund zum Rotweintrinken sein. »Ich hatte mich für meine Referendarzeit um einen der wenigen Plätze am Reichskriegsgericht beworben und eigentlich gar nicht mehr damit gerechnet, daß ich angenommen werde. Aber heute habe ich die Zusage erhalten, daß ich am 15. September dort anfangen kann. Ich freue mich wahnsinnig, das ist die Chance für mich. Wer dort seine Ausbildung macht, dem stehen nach dem Examen alle Wege offen. Außerdem bin ich ›uk‹ gestellt und werde vorläufig nicht eingezogen! – Oh, entschuldige!«

Er schlug sich erschrocken auf den Mund, als ihm die Geschmacklosigkeit seiner Worte bewußt wurde. »Ich habe mich falsch ausgedrückt. Ich meinte, daß ich an diesem Platz meinem Vaterland dienen darf ...«, stotterte Wilhelm.

Nun goß er entschlossen den Wein in die beiden Gläser, gab eines davon Ulla und sagte: »Zuerst wollen wir auf Werner trinken, er wird immer in unserer Erinnerung weiterleben, wir werden ihn nie vergessen!«

Ulla, die bisher nur wenig Wein in ihrem Leben getrunken hatte, nahm das schwere, schön geschliffene Kristallglas, staunte über die dunkelrote, samtene Farbe des Weines, atmete den feinen Duft ein und trank einen Schluck. Der Wein schmeckte angenehm weich, und sie lächelte Wilhelm an, als dieser fragte: »Schmeckt er dir? Das freut mich. Komm, jetzt trinken wir auf dich und deine Zukunft.« Wieder tranken sie. »Und jetzt auf deine Stelle im Reichskriegsgericht!« fuhr Ulla nun fort. Sie spürte plötzlich eine angenehme Leichtigkeit und Wärme in ihrem Körper. Die große Trauer schien von ihr langsam abzufallen, sie nahm noch einen Schluck und lehnte sich entspannt im Sofa zurück. Wie gut ihr der Wein tat!

Als Wilhelm ihnen ein zweites und auch noch drittes Glas eingoß, leistete sie keinen Widerstand, auch nicht, als Wilhelm näher an sie heranrückte, den Arm um sie legte und bewundernd sagte: »Wie hübsch du aussiehst! Soll ich dir mal ein Geheimnis verraten? Ich war eigentlich immer ein bißchen in dich verliebt.«

Ulla wurde rot und schüttelte ungläubig lachend den Kopf: »Das glaube ich nicht!« »Doch, wirklich!« beteuerte Wilhelm lebhaft. »Aber du warst immer so unnahbar und sachlich, daß ich es gar nicht wagte, irgendetwas zu sagen.«

Ulla lachte spöttisch auf: »Gerade du, du hattest doch nie Hemmungen, dich an Mädchen heranzumachen, die dir gefielen!« »Ja, die meisten haben mich aber nie so interessiert. Du bist doch ganz anders. Wenn du wüßtest, wie ich mich über deinen Besuch freue! – Warte, ich hole noch eine Flasche!«

Es wäre vernünftig, sich jetzt zu verabschieden, dachte Ulla und wußte doch, daß sie bleiben wollte. Sie fühlte sich so wohl hier, sie genoß Wilhelms Komplimente, die Wirkung des ungewohnten Weins, die Erinnerung an die unbeschwerten Stunden, die sie in dieser Wohnung verbracht hatte, und sie war dankbar, daß diese angenehmen Gefühle den Schmerz linderten.

Wilhelm kam zurück und sie tranken erneut. Als er sie schließlich an sich zog und leidenschaftlich küßte und seine Hände über ihren Körper glitten, ließ sie alles mit sich geschehen.

Mitten in der Nacht wachte Ulla auf und konnte sich im ersten Moment gar nicht zurechtfinden. In welchem Bett lag sie? Dann erkannte sie Wilhelm neben sich. Nur weg hier, dachte sie entsetzt. Schnell stand sie auf, zog sich hastig an und verließ die Wohnung. In ihrem Zimmer brach sie zusammen, von Weinkrämpfen geschüttelt. Was hatte sie getan! Sie hatte Werner betrogen, ihre große Liebe verraten!

Die nächsten Tage erlebte Ulla wie in Trance. Sie zwang sich, die Nacht mit Wilhelm zu vergessen und die grenzenlose Trauer um Werners Tod, die alles andere in ihrem Denken verdrängte, machte es ihr leicht. In sich gekehrt erledigte sie ihre Arbeit. Gequält nahm sie die gutgemeinten Tröstungen ihrer Umgebung entgegen, spürte Herrn Meissners Rücksichtnahme, der sie nach Hause schickte, wenn sie zu erschöpft schien.

Am 20. September gegen Abend, Ulla saß lesend in ihrem Zimmer, klingelte es. Das ist Wilhelm, dachte sie und hörte auch schon die Stimme ihrer Mutter: »Wilhelm! Ja, Ulla ist da. Gehen Sie ruhig nach hinten, Sie kennen sich ja aus!«

Mit schnellen Schritten ging Wilhelm den langen Flur entlang, begrüßte Ulla, die ihm entgegengekommen war, mit einem hastigen Kuß auf die Wange, zog sie in ihr Zimmer und schloß eilig die Tür.

Gerade, als Ulla dachte, er sei gekommen, um seine Liebe zu erklären, stieß Wilhelm atemlos hervor: »Es geht um Johanna und Richard. Sie sollen verhaftet werden! Wir müssen etwas tun!« »Die Zwillinge?« Verletzt blickte Ulla ihn an. »Ich dachte, du kommst meinetwegen!« »Ach, Ulla, wegen neulich ... die Nacht ... es tut mir alles so leid ...«, stotterte Wilhelm. Dann schaute er sie mit einem treuherzigen Lächeln an: »Entschuldige bitte, Ulla, daß ich dich da so überrumpelt habe. Es kommt wirklich nicht wieder vor. Das verspreche ich dir! Am besten vergessen wir, was geschehen ist.«

Sprachlos starrte Ulla ihn an und während in ihrem Inneren Gefühle der Erniedrigung, Wut und Abscheu tobten, zwang sie sich mit aller Kraft zur Gelassenheit und zu einem abweisenden Ton: »Ich habe es schon vergessen! – Aber daß du ein solch erbärmlicher Feigling bist – das habe ich nicht gewußt und das werde ich auch nicht vergessen!« »Jaja, du hast vollkommen recht! Wir müssen auch einmal in Ruhe darüber reden. Aber dafür ist jetzt keine Zeit. – Komm, Ulla, bitte, Johanna und Richard brauchen unsere Hilfe!. Sie müssen untertauchen, sie sitzen jetzt bei mir in der Wohnung. Wir müssen einen Plan machen, um ihnen zu helfen.«

Wilhelm sprach so eindringlich, daß Ulla gegen ihren Willen beeindruckt war. Dennoch musterte sie ihn spöttisch: »Du als SA-Mann willst Widerständler verstecken, dein Leben aufs Spiel setzen? Das glaubt dir doch keiner, ich jedenfalls nicht. Du bist doch immer nur auf deinen eigenen Vorteil bedacht.« »Ich bin nicht so, wie du mich siehst. – Aber egal, was du sagst, ich werde ihnen helfen, wenn nötig auch allein, ohne deine Unterstützung!« sagte Wilhelm entschieden und wandte sich zur Tür. »Du kannst es dir ja noch überlegen!« Er verließ die Wohnung.

Verstört blieb Ulla zurück. Mit Wilhelm wollte sie nichts mehr zu tun haben, aber die Zwillinge? Was mochte passiert sein? Schon lange hatte sie nichts mehr von ihnen gehört, war viel zu sehr mit ihrem eigenen Leben beschäftigt gewesen. Aber sie würde ihnen helfen. Entschlossen stieg sie die Treppe hinauf zu Wilhelms Wohnung, wobei sie sich eine Erinnerung an den letzten Besuch strikt verbot.

Als Ulla das Wohnzimmer betrat, die spannungsgeladene Atmosphäre spürte und die Gesichter der Freunde sah, wurde ihr erst die Bedeutung dieses Treffens bewußt.

Johanna, die auf dem Sofa gesessen hatte, sprang auf. Sie strahlte Ulla mit ihren dunklen Augen an, die dicken Haare waren kurz zum Bubikopf geschnitten, und in ihrer lebhaften Art umarmte sie Ulla und rief: »Wie schön, daß du gekommen bist!« Dann etwas leiser: »Ich habe von Werners Tod gehört, es tut mir so leid!« Sie gab Ulla einen Kuß und fügte hinzu: »Es kommt die Zeit, wo die Verantwortlichen für diese Verbrechen zur Rechenschaft gezogen werden!«

Wie früher, dachte Ulla, das ist Johanna, selbstsicher, sogar angesichts einer drohenden Verhaftung. Sie fühlte sich getröstet und zum erstenmal seit Werners Tod wieder voller Hoffnung. »Ach, Johanna, ich freue mich so, dich wieder zu sehen, auch wenn die Umstände so traurig sind.« »Man muß sich eben immer wieder auf neue Situationen einstellen. Und alles hat seine zwei Seiten. Es ist doch wunderbar, daß wir im Moment hier wie in alten Zeiten zusammensitzen, und unser scharfer SA-Mann will sogar über seinen Schatten springen und uns zur Flucht verhelfen!«

Sie lachte gezwungen auf, fuhr aber versöhnlicher fort, als sie Wilhelms süßsaure Miene sah: »Nicht ärgern, Wilhelm. Du weißt doch, ich muß dich immer ein bißchen aufziehen. – Ich bin dir so dankbar für deine Hilfe!« »Guten Tag, Ulla! Neben meiner Schwester habe ich ja noch nie eine Chance gehabt!« machte sich nun Richard bemerkbar und umarmte Ulla ebenfalls.

Während er und Wilhelm sich wieder in die beiden Sessel setzten, zog Johanna Ulla neben sich auf die Couch.

Wilhelm begann nervös das Gespräch: »Ich brauche euch nicht zu sagen, daß ich mein Leben aufs Spiel setze mit dem, was ich vorhabe, auch das von Ulla übrigens.«

Sofort fragte Richard kalt: »Warum willst du das eigentlich tun? Wir wissen, warum wir schon seit Jahren unser Leben aufs

Spiel setzen, aber du? Du bist doch Parteigenosse! Als solcher unterstützt du doch Verbrechen und Krieg! Also! Warum hilfst du gemeinen, ehrlosen Volksverrätern?« »Sei doch still!« Wilhelm wurde wütend. »Ich bin nur auf dem Papier ein Nazi! Ich will auch nicht diese Verbrechen, ich will auch keinen Krieg!« Dann wieder ruhiger: »Ich will euch helfen, weil ihr meine Freunde seid, weil ich Angst um euch habe. Das ist wichtiger als meine Parteizugehörigkeit.«

Bevor Richard eine Antwort geben konnte, fragte Ulla schnell: »Was ist denn eigentlich passiert? Ich weiß gar nichts. Erzählt doch erst einmal!«

Jetzt schaltete sich Johanna ein: »Wir gehören seit einiger Zeit einer Widerstandsgruppe an. In den letzten drei Wochen sind viele von uns verhaftet worden. Und heute haben sie meinen Keramiklehrer Henrik van Daalen und seine Tochter Wiebke abgeholt. Sie ist eine enge Freundin von mir.«

Bei den letzten Worten zitterte Johannas Stimme, aber sie riß sich zusammen: »Daher müssen Richard und ich jetzt auch jederzeit mit unserer Verhaftung rechnen.« »Und ihr habt Wilhelm um Hilfe gebeten?«

Ungläubig blickte Ulla von einem zum anderen.

Wilhelm räusperte sich. In vollem Bewußtsein des schweren Geheimnisverrates, den er jetzt begehen würde und der ihn den Kopf kosten konnte, erklärte er die Zusammenhänge. »Nein, ich habe selbst meine Hilfe angeboten. Ich befasse mich beruflich in meiner Behörde, also dem Reichskriegsgericht, mit der Verfolgung dieser Widerstandsgruppe, der man den Namen ›Rote Kapelle‹ gegeben hat. Die Gestapo ist dieser Gruppe auf die Spur gekommen, und fast täglich wurden in den vergangenen Wochen ihre Mitglieder verhaftet, vor allem auch die Initiatoren und aktivsten Kämpfer der Gruppe, Schulze-Boysen, Harnack, Kuckhoff und andere. Ich habe Einsicht in die Akten und heute auf einer geheimen Liste der noch ausstehenden Verhaftungen zufällig die Namen von Johanna und Richard gelesen. Nachdem ich meinen ersten Schreck überwunden hatte, beschloß ich, sie zu warnen und wenn ich kann, bei der Flucht zu helfen.«

Stille. Falls Wilhelm nach seinen Worten mit Anerkennung oder Dank der Anwesenden gerechnet hatte, wurde er enttäuscht. Sie musterten ihn mit skeptischen Blicken.

Dann wandte sich Ulla an die Geschwister. »Was habt ihr denn eigentlich so Schlimmes gemacht?«

Ihr war ihre eigene naive Frage peinlich, aber sie konnte sich ihre Freunde beim besten Willen nicht als Schwerverbrecher vorstellen, die gnadenlos vom Staatsapparat gejagt werden mußten.

Richard verhinderte mit einem Blick auf Wilhelm Johannas Antwort: »Hier ist weder Ort noch Zeit solche Einzelheiten ausführlich zu schildern. Jetzt geht es darum, wie wir uns vor der drohenden Verhaftung retten können.«

Wilhelm stimmte zu. »Es ist für mich besser, möglichst wenig zu wissen.«

Und zu Ulla und Johanna gewandt: »Das alles könnt ihr vielleicht ein anderes Mal besprechen.« »Die Frage ist natürlich, ob sie uns etwas nachweisen können«, überlegte Richard.

Wilhelm unterbrach ihn heftig: »Bitte, denkt nicht, sie könnten es nicht! Sie werden euch auf jeden Fall verhaften und Beweise finden.« »Wiebke hat auch nicht mit einer Verhaftung gerechnet. Es war alles so sicher und gut organisiert, was wir gemacht haben«, stöhnte Johanna, während Ulla den Arm um ihre Schultern legte.

Wilhelm ging nicht darauf ein: »Jammern nützt jetzt nichts. Wir müssen überlegen, wie es weitergehen soll! Eines ist klar: Ihr müßt erstens sofort untertauchen und zweitens dann mit falschen Papieren das Land verlassen! – Also, Punkt eins: Kennt ihr jemand, bei dem ihr euch verstecken könnt?« »Diejenigen, denen wir vertrauen können, sind selbst gefährdet. Also Antwort: Nein!« sagte Richard in sachlichem Ton.

Wilhelm schaute die Freunde nacheinander an: »Gut! Weiter! Wir vier sind alte Freunde und vertrauen einander, davon gehe ich jetzt aus.«

Auf Wilhelms fragenden Blick nickten die andern. »Nach außen hin aber ist unsere Freundschaft schon lange beendet und wir haben nichts mehr miteinander zu tun! Ich bin außerdem in der Partei, ein SA-Mann. Jeder Verdacht auf eine Verbindung mit Widerstandskämpfern ist völlig absurd und würde mich tief beleidigen.«

Wieder nickten die andern.

Wilhelm lachte auf: »Na, dann ist ja alles klar! Einer bleibt hier in meiner Wohnung, da sucht ihn keiner. Er muß sich natürlich tagsüber ganz still verhalten. Aber wenn ich abends zu Hause bin, können wir uns normal bewegen. Niemand würde sich wundern, wenn er Geräusche hört, da ich oft Besuch habe, auch über Nacht.«

Er stockte kurz und sah unsicher zu Ulla hinüber. »Kannst du uns denn auch falsche Papiere besorgen?« fragte Richard mit leicht ironischem Unterton.

Wilhelm ließ sich nicht aus der Fassung bringen: »Ich denke ja!« sagte er und freute sich über die erstaunten Gesichter. »Wenn man genug Geld hat, ist es nicht besonders schwierig.«

Für die nächste Überraschung sorgte Ulla: »Ich besitze den Paß eines jungen Mannes! Eines wahrscheinlich toten Mannes!« Beim Anblick ihrer ungläubig blickenden Freunde konnte sie sich das Grinsen nicht verbeißen. »Ja, wirklich! Habe ich gefunden!«

»Das ist nicht lustig!«

»Nein, paßt auf, das kam so: Vor ein paar Wochen hat mein Chef mich nach Moabit geschickt mit einem Blumenstrauß, den ich bei einer Geburtstagsfeier persönlich abgeben sollte. Ich machte also früher Schluß im Laden und fuhr mit der S-Bahn zum Bahnhof Beusselstraße und ging von dort zu Fuß weiter, bis zur Zwinglistraße, wo ich hin mußte. Die Leute waren sehr nett und luden mich zu Kaffee und Kuchen ein, und später trank ich auch noch ein Glas Wein. Mittlerweile war es aber schon dämmrig geworden, ich verabschiedete mich und machte mich auf den Weg zur S-Bahn. Plötzlich gingen die Sirenen los. Ich kam nicht mehr rechtzeitig in einen Luftschutzkeller, sondern stellte mich nur in irgendeinen Hauseingang. Da fielen auch schon die Bomben. Nach der Entwarnung rannte ich weiter zur S-Bahn, sah viele Trümmer und auch Tote auf dem Bürgersteig liegen. Einmal rutschte ich aus, beim näheren Hinsehen merkte ich, daß ich auf einen Ausweis getreten war, der wahrscheinlich einem Toten aus der Tasche gefallen war. Ohne zu überlegen, steckte ich ihn ein und lief weiter. Gott sei Dank fuhr die S-Bahn!«

Die anderen guckten Ulla entsetzt an, so daß sie noch hinzufügte: »Ich weiß wirklich nicht, warum ich das getan habe. Es war ein Reflex. Später habe ich den Ausweis nicht weggeworfen, weil ich dachte, ich könnte ihn vielleicht noch brauchen!«

Ulla blickte in die Runde. »Meine Vorahnung war richtig, jetzt können wir den Ausweis gebrauchen!«

Wilhelm kam ihr zu Hilfe: »Ulla hat vollkommen recht, die Lebenden haben Vorrang vor den Toten. – Also wären wir wieder ein Stück weiter. Für den Ausweis brauchen wir nur Richards Paßfoto und jemanden, der es einsetzt!

Ulla nahm einen Schluck von ihrer Limonade, lehnte sich im Sofa zurück und sagte: »Ich weiß auch, wo der andere sich verstecken kann: in der Laube meiner Eltern. Jetzt um diese Zeit sind nur noch wenige Leute draußen. Unsere Laube ist ein stabiler Holzbau mit Fensterläden. Darin kann jemand gut eine Weile wohnen. Allerdings darf man nicht heizen, auch wenn es nachts kalt wird. Den Rauch sieht man.«

Sie alle kannten die Laube, das war eine sehr gute Idee.

Dennoch wandte Richard ein: »Und wenn deine Eltern plötzlich in den Garten kommen?« »Meinen Eltern sage ich Bescheid, die verraten nichts.«

Ulla lachte. »Im Gegenteil, wahrscheinlich wird mein Vater wieder ein kleines bißchen gesünder bei dem Gedanken, diesem Staat eins auszuwischen. – Aber was ist mit euren Eltern? Sollen wir ihnen etwas sagen?« »Auf gar keinen Fall!« sagte Johanna sofort. »Im Moment sind sie zum Glück bei meiner Tante in Leipzig. Sie werden später mit Sicherheit verhört. Am besten für sie ist es, überhaupt nichts zu wissen. Wenn wir Deutschland verlassen haben, melden wir uns bei ihnen.«

Wilhelm drängte: »Jetzt ist schon fast zehn Uhr, wir müssen weitermachen.«

Gemeinsam wurde ein Plan erstellt: Johanna und Richard sollten noch ein letztes Mal in ihre Wohnung gehen, um die wichtigsten Sachen einzupacken, und soviel Nahrungsmittel, wie sie finden konnten, denn nach ihrem Untertauchen wurde ihre Ernährung ohne Lebensmittelkarten schwierig.

Sie beschlossen, daß Johanna in Wilhelms Wohnung blieb, da Richard ihr, trotz ihres Protestes, die kalten, einsamen Nächte in der Laubenkolonie nicht zumuten wollte.

Während Wilhelm das Gästezimmer für Johanna vorbereitete, wartete Ulla auf dem Sofa auf die Rückkehr der Zwillinge. Das euphorische Gefühl einer alles Unglück dieser Welt besiegenden Freundschaft, das sie in der letzten Stunde getragen und erhoben hatte, war verflogen, geblieben waren schwermütige Gedanken an die nun heimatlos gewordenen Freunde, die auf der Flucht in eine ungewisse, gefährliche Zukunft waren.

Es klingelte, Johanna und Richard waren zurück, standen mit ihren Koffern jetzt im Flur, beide blaß und erschöpft. In diesem Moment heulte die Sirene. Nach der ersten Schrecksekunde sprang Ulla auf und sagte hastig schon im Hinausgehen: »Es muß alles so sein, wie immer. Ich gehe jetzt meiner Mutter helfen. Bis nachher!« »Johanna und ich bleiben natürlich hier oben in der Wohnung. Ich nehme an, unsere Gegend wird nicht getroffen«, meinte Richard und setzte sich wieder auf die Couch. »Wie schön! Dann haben wir noch eine kleine Gnadenfrist!« Johanna schmiegte sich an ihren Bruder.

Auch Wilhelm ging hinunter in den Luftschutzkeller und saß dort schon geraume Zeit, als endlich Ulla mit ihren Eltern dazukam. Sie wechselten keinen Blick. Eine Stunde saßen sie so, hörten das Getöse und Krachen der Bomben, die diesmal, dem Lärm nach zu urteilen, ziemlich in ihrer Nähe einschlugen, und hofften, daß ihr Haus auch diesmal verschont blieb. Nach der Entwarnung begaben sich alle Hausbewohner wieder aufatmend in ihre Wohnungen. Als Ulla kurz danach wieder in Wilhelms Wohnung schlüpfte, drängte dieser sofort: »Ihr müßt gehen, je später es wird, umso unglaubwürdiger sind zwei Spaziergänger mitten in der Nacht.«

Den Anblick der abschiednehmenden Zwillinge, die niemals für lange Zeit getrennt gewesen waren, konnte Ulla nicht ertragen. Sie blieb im Flur stehen, während Richard im Wohnzimmer weinend die zitternde Johanna in den Armen hielt. Nach einer Weile kam er heraus, nahm seinen kleinen schwarzen Koffer, sagte zu Ulla: »Komm!« und zu Wilhelm: »Danke!«, und verließ die Wohnung.

Der Weg zur Kolonie Rönnestraße war nur kurz. Schweigend gingen sie nebeneinander her, über die Neue Kantstraße, dann die Herbartstraße am Park entlang. Es herrschte undurchdringliche Dunkelheit, nicht einmal der Lietzensee glitzerte durch die Nacht, denn dieser war schon seit Monaten mit künstlichem Rasen abgedeckt, um feindlichen Fliegern die Orientierung zu erschweren. Die Nacht war kühl. Ulla fröstelte und stellte zufrieden fest, daß Richard seinen Wintermantel angezogen hatte. Sie begegneten keinem Menschen. Noch ein paar Schritte auf der Dernburgstrasse, die jetzt Gustloffstraße hieß, und schon standen sie vor der eisernen Tür der Laubenkolonie, die hinter dem Bahndamm lag. »Großartig!« flüsterte Richard, »Onkel Emil!«

Mehrere große weiße NEINs leuchteten in der Dunkelheit an der Mauer. »Wer ist Onkel Emil?« fragte Ulla neugierig. »Auch eine Gruppe, die Widerstand leistet«, erwiderte Richard und zum erstenmal an diesem Abend lachte er leise.

Ulla öffnete die Eisentür zur Kolonie, die nach einem Angriff schief in den Angeln hing und sich nicht mehr abschließen ließ, und führte Richard zu ihrer Laube, wo sie mit geübten Fingern in der Dunkelheit den Schlüssel unter dem großen Blumentopf links neben der Tür hervorzog. Dann konnte der Freund sein Exil betreten.

Als Ulla am nächsten Morgen aus dem Haus trat, wartete ein Mann im Popeline-Mantel auf dem Bürgersteig, während ein zweiter in einem parkenden Auto mit offenstehender Tür saß und rauchte. Gestapo, dachte Ulla und wunderte sich über ihre Ruhe. Da wurde sie auch schon angesprochen. »Sie wohnen doch hier, vielleicht können Sie uns helfen. Wir möchten Familie Sobernheim besuchen, aber es scheint niemand dort zu sein. Wissen Sie, wann sie wiederkommen?« »Leider nicht, ich kenne sie kaum«, sagte Ulla höflich und ging einfach los. Niemand hielt sie zurück. Sie atmete tief durch, um nicht in einem wilden Triumphgefühl aufzuschreien.

Ulla konnte es heute kaum erwarten, ihren Chef zu sprechen. Er mußte ihr helfen. Sie wußte, daß er aufgrund seiner vielen Fahrten und Geschäfte Kontakte zu den unterschiedlichsten Stellen und den verschiedensten Menschen hatte. Wenn jemand ihr einen Rat geben konnte und vertrauenswürdig war, dann er. Während der Mittagspause ergab sich schließlich die Gelegenheit. »Herr Meissner, ich suche jemanden, der in einen Ausweis ein anderes Bild einsetzen kann.« »Mädel«, sagte dieser erschrocken und dämpfte sofort seine Stimme. »Was hast du vor? Das ist nichts für dich! Das ist viel zu gefährlich!« »Ich weiß, aber es muß sein. Also – kennen Sie jemanden, der mir helfen kann?«

Zögernd und noch leiser brummte Herr Meissner: »Geh in die Cicerostraße.« Er nannte eine Hausnummer. »Im Dachgeschoß ist eine Wehrmachtsbehörde. Da erkundige dich.« »Wehrmachtsbehörde?« Ulla glaubte, nicht richtig verstanden zu haben. »Ja, eine Paßstelle der Wehrmacht. – Aber behalt es für dich, und jetzt reden wir von etwas anderem!«

Am Nachmittag, Herr Meissner hatte sie freundlicherweise früher gehen lassen, ging Ulla in die nahegelegene Cicerostraße und guckte sich mit klopfendem Herzen das Haus erst einmal von außen an. Wenn sich Herr Meissner nun irrte und sie verhaftet würde! Schon betrat sie das Haus und stieg langsam die Treppen hoch bis ins Dachgeschoß. Sie klingelte an der einzigen Tür. Ein Mann öffnete ihr und sie betrat einen Flur, von dem mehrere Zimmer abgingen. Niemand kümmerte sich um sie. Männer und Frauen standen herum und warteten. Ulla wußte nicht, an wen sie sich wenden sollte und sagte deshalb unbestimmt in den Raum: »Ich habe einen Ausweis, den ich ändern lassen muß.« »Dort«, sagte einer der Männer und wies mit dem Kopf zu einer Tür.

Ulla trat in das Büro ein. Eine stattliche Dame hinter einem Schreibtisch fragte sachlich: »Zeigen Sie mal her. Was muß geändert werden?« »Gar nichts. Nur ein neues Bild.« Ulla holte Richards Paßfoto aus ihrer Handtasche. »Gut. Kommen Sie nächste Woche wieder.« »Nächste Woche ist zu spät.« »Na, dann kommen Sie übermorgen wieder.«

Als Ulla die Treppe hinunterlief, zitterte sie noch vor Anspannung. Das glaubt mir keiner, dachte sie, ich kann es ja selbst kaum glauben. Wie heute morgen bei der Begegnung mit der Gestapo, überkam sie wieder ein unbeschreibliches Glücksgefühl über ihren Erfolg. Wilhelm mußte sofort eine Fahrkarte für Richard besorgen. In drei Tagen konnte er schon in Schweden in Sicherheit sein. Auf ihrem Nachhauseweg zum S-Bahnhof Halensee sah sie vor einem Geschäft, in dem sie auch manchmal einkaufte, eine lange Schlange wartender Frauen. »Was gibt es denn hier?«

»Blumenkohl!«

Heute ist mein Glückstag, dachte Ulla, und musterte die Zahl der Wartenden. Eine halbe Stunde anstehen, schätzte sie mit geübtem Blick, das kann ich mir leisten. Blumenkohl wäre ein Festessen!

Tatsächlich stand sie eine dreiviertel Stunde und als sie endlich an der Reihe war, bekam sie den allerletzten Blumenkohl. In diesem Moment fing die Frau hinter ihr in der Schlange bitterlich an zu weinen, schluchzte von ihren hungrigen kleinen Kindern und konnte sich gar nicht beruhigen. Mit schlechtem Gewissen unterdrückte Ulla ihren ersten Impuls, der Frau den Blumenkohl zu überlassen. Sie durfte es nicht, auch ihr kranker Vater und Richard mußten versorgt werden. Krieg und Hunger machen aus uns häßliche Egoisten, dachte sie.

Als Ulla am späten Nachmittag in die Laube trat und Richards düsteres Gesicht sah, gab sie sich aufmunternder und optimistischer als ihr zumute war. »Guten Tag, Paul Stephan! Ab jetzt werde ich dich nur noch Paul nenne, damit du dich an deinen Namen gewöhnst!«

Betont fröhlich umarmte sie Richard. »Übermorgen bekommst du deinen Ausweis!«

Entspannt sah er zu, wie Ulla ihre Mitbringsel auspackte, den Blumenkohl, den sie in zwei Hälften teilte, zwei Eier aus ihrer eigenen Speisekammer und ein bißchen Margarine für Rührei, dazu ein paar trockene Brötchen von gestern, die sie auch noch unterwegs beim Bäcker erstanden hatte, das einzige, was man ohne Lebensmittelkarten noch bekommen konnte. Etwas Ersatzkaffee und selbstgemachte Marmelade befanden sich in der Laube. »Verhungern mußt du jedenfalls nicht. Und auch für geistige Nahrung habe ich gesorgt!« Ironisch wedelte sie mit dem »Völkischen Beobachter«. »Willst du ihn hierbehalten? ›Das Reich‹ habe ich leider nicht mehr bekommen.«Nach einer guten Stunde verabschiedete sich Ulla. Sie ließ einen zuversichtlicheren Freund zurück.

Am Abend traf sich Ulla mit Johanna und Wilhelm in dessen Wohnung zur Lagebesprechung. Wilhelm war nicht ganz so erfolgreich gewesen wie sie. Da sein Informant mindestens zehn Tage zur Beschaffung des Ausweises benötigte, mußte Richard ohne seine Schwester das Land verlassen. Die Zwillinge sollten sich bei Freunden von Wilhelms Eltern treffen und zunächst dort untertauchen. Diese bewirtschafteten in der Nähe Stockholms mitten im Wald einen großen Hof, auf dem Wilhelm als Kind mehrmals seine Ferien verbracht hatte.

Die Tage vergingen. Ulla hatte den fertigen Ausweis in der Cicerostraße ohne die geringsten Probleme abgeholt, Wilhelm die Fahrkarte besorgt. Richard war abgefahren. Man wartete jetzt nur noch auf die vereinbarte Nachricht seiner glücklichen Ankunft in Schweden.

Am darauffolgenden Sonnabendnachmittag ergab sich endlich während Wilhelms Abwesenheit die Gelegenheit für Ulla und Johanna zu einem Gespräch wie in alten Zeiten. Sie saßen nicht im Wohnzimmer, sondern bequem, halb liegend auf Johannas Bett in dem kleinen Gästezimmer am Ende des langen Flures. Sie hatten sich hierher zurückgezogen, damit niemand im Treppenhaus zufällig Stimmen in der Wohnung hören konnte.

Leise erzählte Johanna von ihrem Kampf gegen das Regime, von den Freunden und Aktionen der Widerstandsgruppe. Erst allmählich hatte sie festgestellt, welcher großen Gruppe sie angehörte. Deren Miglieder waren alle sehr verschieden ihrer Herkunft und Weltanschauung nach, Studenten, Künstler, Wissenschaftler, Angehörige der Polizei und Wehrmacht, Christen und Kommunisten. Aber sie alle verfolgten dasselbe Ziel, nämlich unter allen Umständen die Gewaltherrschaft zu bekämpfen und zu beseitigen.

»Wie bist du denn zu dem Kreis gestoßen?« fragte Ulla.

»Durch die Keramik-Werkstatt. Die meisten Künstler und Leute, die dort ein- und ausgingen, waren Oppositionelle. Und eines Tages fragte mich Wiebke, ob ich bei illegalen Aktionen mitmachen wollte. Ich war froh, etwas tun zu können und bezog auch gleich Richard mit ein. Wiebke wohnt hier in der Nähe auf dem Kaiserdamm. Wir haben uns oft besucht. Sie ist eine wunderbare Freundin, so strahlend ... so aufrecht!« Johanna suchte nach Worten.

»Also, so wie du!« lächelte Ulla mit einem etwas eifersüchtigen Unterton. »Jedenfalls haben wir uns von Anfang an gleich gut verstanden.« »Und was hast du genau gemacht?« fragte Ulla neugierig. »Zuerst war ich bei einer Gruppe, die Flugblätter druckte und verteilte. Wir wollten den Menschen zeigen, daß es den Nazis nicht gelungen ist, alle Deutschen willenlos und widerstandslos zu machen. Die Flugblätter ließen wir überall liegen, in den Verkehrsmitteln, in Telefonzellen, in Treppenhäusern, in Parks, eben überall. Richard verteilte die Zettel mit anderen Studenten auch in der Hochschule.«

»Aber das war doch sehr gefährlich, wenn man euch dabei erwischt hätte!« warf Ulla erschrocken ein.

»Klar, ich habe dann auch damit aufgehört, als ich einmal gefaßt wurde.«

»Was? Erzähle!«

»Als ich mit einer Freundin unsere Blätter am Sophie-Charlotte-Platz verteilen wollte, wurden wir von zwei Polizisten beobachtet und festgenommen. Ich hatte eine wahnsinnige Angst, tat aber ganz erstaunt und sagte harmlos, daß wir den Packen Zettel eben gefunden und nur mal einen Blick darauf geworfen hätten. Meine Freundin spielte sehr überzeugend die Empörte über dieses scheußliche Geschmiere und schmiß die Zettel in den Papierkorb. Die Polizisten brachten uns dann zum Verhör auf das Revier am Kaiserdamm, wo wir unseren Auftritt wiederholten. Nachdem ein anderer Polizist ein Vernehmungsprotokoll angefertigt und es im Nebenraum irgendeinem SS-Mann vorgelegt hatte, durften wir tatsächlich wieder gehen. Uns fiel ein Stein vom Herzen, daß wir so glimpflich davon gekommen waren!« Johanna atmete noch nachträglich erleichtert auf.

»Und? Was habt ihr noch gemacht?« fragte Ulla weiter.

»Danach habe ich mitgeholfen, Flugschriften zu schreiben, wir hatten in der Werkstatt am Spandauer Damm eine versteckte Schreibmaschine. Unter anderem habe ich die Predigten des Bischofs von Galen gegen die Euthanasie abgeschrieben und vervielfältigt. Auch die Reden von Thomas Mann oder von Churchill, Stalin und Roosevelt und Nachrichten der BBC haben wir auf diese Weise verbreitet. Die Flugschriften wurden in frankierte Umschläge gesteckt und an Personen aus dem Telefonbuch verschickt, meistens dem Beruf nach ausgewählt. – Und kannst du dich noch an den Skandal erinnern im Mai, als unbekannte Täter eine Zettelklebeaktion gegen die antisowjetische Propagandaausstellung ›Das Sowjetparadies‹ gestartet haben? Da war ich auch dabei. Wir haben in einer Nacht Hunderte von Zetteln an Hauswände, Schaufenster und Litfaßsäulen geklebt auf denen stand: ›Ständige Ausstellung des Naziparadieses – Krieg, Hunger, Lüge, Gestapo – Wie lange noch?‹«

Johanna lachte noch über den gelungenen Coup, als der schrille Ton der Wohnungsklingel die Stille zerriß. Die beiden Freundinnen, die mittlerweile gemütlich auf dem Bett gelegen hatten, fuhren hoch. »Wer mag das sein?« flüsterte Ulla.

Es klingelte wieder, jemand klopfte an die Tür, und eine Frauenstimme rief: »Wilhelm, mach auf, ich bin es! Ich weiß, daß du da bist! Mach bitte sofort auf!«

Noch einmal anhaltendes Klingeln, Warten, dann hörte man sich entfernende Schritte. Die Freundinnen blickten sich an und fingen wie auf Kommando an zu lachen: »Die Pute!« japste Johanna, und Ulla staunte: »Wirklich die Pute! Ich wußte gar nicht, daß Wilhelm noch mit ihr Kontakt hat. Ich habe sie ewig nicht gesehen.« »Die wohnt auch nicht mehr hier, sondern ist mit ihren Eltern zum Lietzenseeufer umgezogen«, erklärte Johanna und fuhr fort, die hohe Stimme der Pute karikierend: »Da wohnt nämlich ihr Onkel Herrmann Fegelein, Generalmajor der Waffen-SS und Schwager von Eva Braun! Also ein ganz großes Nazischwein, und die liebe Pute und ihre Eltern möchten da ein bißchen an der Schweinerei teilhaben!« »Reg dich doch nicht so auf. Woher weißt du das denn alles?« »Von ihr persönlich. Ich habe sie vor ein paar Wochen getroffen. Was meinst du, wie sie mit ihrer Verwandtschaft angegeben hat! Aber ich habe sie nur ausgelacht, ich konnte sie noch nie ernst nehmen! Sie wurde furchtbar wütend und kreischte mir hinterher: ›Das wirst du mir büßen!‹ – Aber komisch, was hat Wilhelm mit ihr zu tun?« »Wir können ihn ja fragen.« Ulla legte sich wieder bequem hin und zog Johanna an ihre Seite: »Komm, erzähl weiter!«

Aber Johanna schüttelte den Kopf: »Ich habe erstmal genug erzählt. Jetzt bist du dran!«

Ulla kam nicht mehr dazu, von Werner zu sprechen, weil sie den Schlüssel im Türschloß hörten und Wilhelm die Wohnung betrat. »Schade, es war so schön, mit dir zu reden!« meinte Johanna, während sich beide erhoben. »Ich komme morgen wieder!« versprach Ulla. »Ich muß jetzt sowieso gehen, meinem Vater Abendbrot machen. Meine Mutter ist nämlich nicht da.« »Wo ist sie denn, jetzt am Abend?« fragte Johanna erstaunt. »Meine Mutter geht neuerdings zu den Zusammenkünften der Bekennenden Christen.« »Deine Mutter?« Johanna lachte ungläubig. »Wißt ihr überhaupt, wie gefährlich das ist?« »Das glaube ich nicht. Sie treffen sich in der Wohnung eines Pfarrers und sprechen über bestimmte Themen, religiöse und natürlich auch politische. Das muß doch wohl erlaubt sein. Ich finde es übrigens sehr gut, daß meine Mutter an diesen Treffen teilnimmt. Sie ist seitdem längst nicht mehr so kleinmütig. Ich wünschte, mein Vater würde mitgehen.«

Schon kam Wilhelm den langen Flur entlang und begrüßte die beiden mit einem freundschaftlichen: »Guten Tag, wie geht's?« »Die Pute war hier!« sagte Johanna ohne Umschweife.

Wilhelm errötete. »Ach so, die Traudl! Was wollte sie denn?« »Keine Ahnung! Wir haben uns natürlich nicht gemuckst. Was hast du denn mit ihr zu tun?« »Du verhörst mich ja richtig, Johanna!« lachte Wilhelm gekünstelt. »Ab und zu habe ich mich mit ihr unterhalten, wenn ich sie getroffen habe, sonst nichts weiter. Ich weiß nicht, was sie hier wollte.« »Also, ich muß jetzt wirklich gehen«, beendete Ulla die Diskussion, gab Johanna einen Kuß, winkte Wilhelm kurz zu und verließ die Wohnung.

Die Tage verstrichen. Längst war es Oktober geworden, längst hätte Wilhelm den Paß bekommen müssen. Aber sein Informant ließ ihn warten. Sein Partner sei plötzlich in unvorhergesehene Schwierigkeiten geraten, beteuerte er, und brauche mehr Zeit.

Obwohl Johannas und Ullas Ungeduld und Unruhe wuchsen, waren sie doch dankbar für die gemeinsamen Stunden, die ihnen durch diese Verzögerung geschenkt wurden. Nie waren sie sich so nahe gekommen wie jetzt in dieser extremen Lage, nie hatten sie so offene, intensive Gespräche geführt, nie so herrliche Zukunftspläne entworfen. Und Ulla spürte dankbar, wie sie mit Johannas Hilfe den Verlust Werners allmählich zu verarbeiten begann. So verging die Zeit. Bis die Katastrophe über sie hereinbrach!

Als Ulla an einem milden, sonnigen Morgen zur Arbeit gehen wollte, stellte sich ihr der Luftschutzwart und PG Hartmann, der rauchend vor der Haustür stand, mit einem herausfordenden »Heil Hitler!« in den Weg.

Er warf seine Kippe lässig auf den Boden, trat sie genüßlich aus und blickte dabei mit einem süffisanten Lächeln Ulla an. »Wissen Sie schon das Neueste, Fräulein Körner? Gestern ist die Sobernheim verhaftet worden, die untergetaucht war! Die saß in dem Café an der Neuen Kantstraße und aß Kuchen! Ha! Das war der letzte Kuchen ihres Lebens, schätze ich!«

Hämisch fügte er hinzu: »Niemand entkommt uns! Es gibt überall echte Anhänger unseres Führers, die aufpassen und dafür sorgen, daß Volksschädlinge ausgerottet werden!«

Ulla riß sich zusammen, atmete tief durch, nur jetzt kein Gefühl, kein Entsetzen zeigen. Mit geheuchelter Gleichgültigkeit meinte sie: »Johanna Sobernheim? Ich kenne sie kaum mehr. Aber ich hätte sie nie für so verantwortungslos gegenüber unserem deutschen Staat gehalten. Ist sie schon verhört worden?« »Schon ist gut«, meinte Hartmann lässig, »die ganze Nacht haben sie sie bearbeitet!« »Und? Hat sie ihr Versteck verraten?« Ulla bemühte sich krampfhaft um einen neutralen Tonfall. »Keine

Ahnung!« lautete die unbefriedigende Antwort, mit der sie sich, wollte sie keinen Verdacht erregen, zufrieden geben mußte. »Na gut, ich muß jetzt gehen! Heil Hitler!« Mit diesen Worten verabschiedete sie sich und machte sich auf den Weg zur S-Bahn, sich der Blicke des PGs Hartmann in ihrem Rücken voll bewußt.

Innerlich zitterte sie. Im Café verhaftet? Was wollte sie dort? Warum hat sie plötzlich die Wohnung verlassen? Johanna wußte doch, daß sie sich damit in Lebensgefahr begab!

Ulla fand keine Erklärung für das Verhalten der Freundin. Verzweifelt klammerte sie sich nur an einen Gedanken: Ich muß mit Wilhelm sprechen. Wilhelm hat Beziehungen, er arbeitet im Reichskriegsgericht. Er kann alles klären und Johanna aus dem Gefängnis herausholen.

Nach einem qualvollen Tag stieg Ulla am Abend die Treppen in den dritten Stock hinauf und läutete bei Wilhelm. Leise Tanzmusik drang durch die Tür, aber niemand öffnete. Ullas Unruhe wuchs, sie klingelte noch einmal, länger, und noch ein drittes Mal, diesmal nahm sie den Finger nicht mehr vom Klingelknopf.

Endlich hörte sie Schritte. Wilhelm öffnete, erhitzt und umnebelt von Rotweindunst. Als er Ulla erkannte, fauchte er sie an: »Was willst du hier? Du störst!«

Im Hintergrund erklang ein betrunkenes Frauenlachen. »Das ist jetzt egal! Du weißt, was mit Johanna passiert ist?« Entschlossen stellte Ulla ihren Fuß in die Tür. »Du mußt ihr helfen!« »Kommst du endlich, Schatzi!« nörgelte eine hohe Stimme. »Verschwinde! Ich habe nichts mehr mit ihr zu tun! Und wenn du mich weiter belästigst, zeige ich dich an! Das ist mein letztes Wort!« zischte Wilhelm, gab Ulla einen Stoß, daß sie einen Schritt zurücktreten mußte und schlug die Tür zu. »Du hast sie verraten!« schrie Ulla ihm unbeherrscht hinterher.

Wieder zurück in der Wohnung, verabschiedete sie sich von ihren Eltern: »Gute Nacht! Ich gehe ins Bett!« Verwundert schaute Frau Körner, die im Wohnzimmer Strümpfe stopfte und dabei ihrem Mann von dem letzten Treffen bei Pfarrer Schlemmer erzählte, auf ihre Tochter: »Jetzt schon? Es ist doch erst neun!«

Ulla gab ihr einen Kuß, beugte sich dann zum Vater hinunter und murmelte nur: »Ich fühle mich nicht wohl, bin müde! Hoffentlich gibt es heute keinen Alarm!« »Seltsam«, meinte die Mutter, als Ulla gegangen war, »sie ist in der letzten Zeit so merkwürdig. Sie wird doch nicht etwa krank?« »Sie ist krank, krank an der Seele«, brummte der Vater. »Wer ist es nicht in dieser Zeit?«

Nicht nachdenken, dachte Ulla in ihrem Zimmer, noch nicht! Langsam zog sie das Kleid aus, hängte es ordentlich auf den Bügel, konzentrierte sich ganz auf das Ritual des Zubettgehens. Ließ keinen anderen Gedanken zu, legte ihre Wäsche auf den Stuhl, stellte die Schuhe darunter, wusch sich mit Sorgfalt, zog sich das Nachthemd an, legte sich ins Bett, löschte das Licht.

Mit offenen Augen lag Ulla im Dunkeln und begann nun, ihre Gedanken zu ordnen. Mit drei unumstößlichen Tatsachen mußte sie sich abfinden, nein, leben. Erstens: Johanna wurde unter mysteriösen Umständen verhaftet. Jemand muß ihr Versteck gekannt und sie verraten haben. Der naheliegendste Gedanke: Wilhelm in – nehmen wir ruhig an – berechtigter Angst, daß Johanna bei einer möglicherweise anstehenden Hausdurchsuchung bei ihm gefunden wird, hat sie aus dem Haus in das Café gelockt und sie verraten.

Nein, verwarf Ulla diese Theorie. Wilhelm ist zwar ein ekelhafter Opportunist, aber er hat aus eigener Initiative im Gefühl aufrichtiger Freundschaft seine Hilfe angeboten. Um seine Haut zu retten, hätte er Johanna vielleicht vor die Tür gesetzt, aber nie so schmählich verraten.

Aber wer dann? Der schmierige Hartmann, hat er doch etwas gemerkt? Oder die alte Frau Adler, die in der Wohnung unter Wilhelm wohnt. Hat sie tagsüber Schritte gehört und es der Gestapo gemeldet? Ausgeschlossen, sie hatten sich alle drei ständig unter Kontrolle, Johanna ganz besonders. Niemand konnte etwas von ihrer Anwesenheit erfahren haben.

Plötzlich fiel Ulla noch die Pute ein. Hatte sie doch etwas gemerkt? Sie hatte an die Tür geklopft in der Gewißheit, daß jemand in der Wohnung war. Aber auch die Pute kam nicht in Frage. Sie war gegangen und nicht wiedergekommen. Und Wilhelm hat ihr bestimmt nichts erzählt, schon aus Selbstschutz. Resigniert stellte Ulla fest: Ich kann die Frage nach dem Verräter Johannas noch nicht beantworten.

Zweite Tatsache: Johanna muß geholfen werden, aber wie? Ulla dachte lange nach, aber ihr fiel keine Lösung ein. Sie wußte, in diesem Staat mit seinen ausgeklügelten Überwachungs-, Bestrafungs- und Tötungseinrichtungen hatte kein Gefangener auch nur die geringste Chance, seinem Gefängnis zu entkommen. Und bei aller Verachtung für den Feigling Wilhelm mußte sie doch zugeben, daß die Möglichkeiten eines kleinen Gerichtsreferendars, in diesem System ein Schlupfloch für die Freundin zu finden, gleich Null waren. Bei einem Versuch würde er sich tatsächlich nur selbst an den Galgen bringen und Johanna gleich mit.

Ulla blieb nur eine einzige Hoffnung: Zu mehr als einer Freiheitsstrafe konnte Johanna für das bißchen Flugblätterverteilen nicht verurteilt werden. Aber irgendwann war der Krieg zu Ende, verloren, und Johanna frei. So lange müssen wir eben warten.

Ich werde weiterleben wie immer, dachte sie müde. Die Gestapo wird mich verhören, aber das ist gleichgültig, ich weiß nichts, sage nichts. Selbst wenn das Versteck in der Laube entdeckt wird – jeder in der Kolonie weiß, daß der Schlüssel unter dem Blumentopf liegt. Wir waren seit Wochen nicht mehr im Garten.

Um Gottes willen! Erschrocken setzte Ulla sich in ihrem Bett auf. Richard! In ihrer Angst um Johanna hatte sie ihn vollkommen vergessen. Vorige Woche war endlich die ersehnte Karte aus Schweden gekommen mit dem vereinbarten Code. Voller Freude hatten sie und Johanna immer wieder die Nachricht von Richards geglückter Flucht und der freundlichen Aufnahme durch seine Gastgeber gelesen. Sie hatten sofort geantwortet und, um ihn zu beruhigen, etwas übereilt Johannas Ankunft angekündigt.

Ulla ließ sich wieder in das Kissen sinken. Richard darf auf gar keinen Fall von der Verhaftung seiner Schwester erfahren, schwor sie sich. Er ist imstande und kommt wieder zurück, um die Schwester zu befreien. Ich werde ihn hinhalten, schlimmstenfalls belügen, wenn nötig jahrelang.

Mein Gott, dachte Ulla plötzlich, ich habe mich verändert! Bin ich erwachsen geworden? Wo ist die kleine Ulla, die sich immer im Hintergrund hält, lieber die andern nachdenken läßt? Sie holte tief Luft und zu ihrer eigenen Überraschung hörte sie plötzlich ihre Stimme in der Schwärze und Stille ihres Zimmers leise, aber deutlich sagen: »Ich bekomme ein Kind.«

Ruhig lag sie da. Alle Gefühle der letzten Wochen, in denen sie voller Angst ihren Körper beobachtet, in ihn hineingehorcht hatte, an nichts anderes mehr denken konnte, bis es keine Hoffnung, keinen Zweifel mehr gab, bis die schiere Verzweiflung sie übermannte – alles das war wie weggeblasen, an Stelle der Unsicherheit war zu ihrer eigenen Überraschung eine nie gekannte Stärke getreten. Entschlossen dachte sie jetzt: Ich werde Wilhelm heiraten, auch ohne Liebe, das Kind braucht einen Vater. Ich werde mir Mühe geben, eine gute Frau und Mutter zu sein, nahm sie sich vor. Dann schlief sie ein.

Eine Woche später klingelte Ulla wiederum an Wilhelms Tür. Diesmal öffnete er sofort, roch nicht nach Rotwein und hatte auch keinen Besuch. Überrascht, aber nicht unfreundlich bat er sie herein, bot ihr Platz und Limonade an und begann selbst gleich das Gespräch mit einer wortreichen Entschuldigung: »Mein Verhalten neulich Abend tut mir leid, Ulla! Wirklich!«

Er beugte sich im Sessel vor und blickte sie mit aufrichtigem Bedauern an. »Ich hatte Besuch und war auch nicht mehr ganz nüchtern. Versteh das bitte! – Aber gut, daß du gekommen bist. Ich wollte sowieso wegen Johanna mit dir reden.«

Er senkte die Stimme, sprach zögernd weiter. »Es ist mir unbegreiflich, wie Johanna verraten werden konnte. Wir waren doch in jeder Beziehung vorsichtig! Haben doch alles, jede geringste Kleinigkeit bedacht! Niemand hat etwas gewußt!«

Die Ellbogen auf die Knie gestützt, vergrub Wilhelm das Gesicht in seinen Händen. Als er wieder den Kopf hob, sagte er: »Genau an dem Tag, an dem Johanna verhaftet wurde, erhielt ich endlich ihren Ausweis!«

Ulla schwieg und wartete. Sie hatte noch kein einziges Wort gesagt. Wilhelm richtete sich wieder auf, nahm einen Schluck aus seinem Glas und fuhr nach einer kurzen Pause in nüchternem Ton fort: »Ich sehe es dir an. Du machst mir Vorwürfe, daß ich nichts zu ihrer Rettung unternommen habe. Aber bedenke bitte meine Lage! Ich kann nichts für sie tun, das kannst du mir glauben! Im Gegenteil, ich muß sie öffentlich beschimpfen und beleidigen, um jeden etwaigen Verdacht von mir zu lenken und meine eigene Haut zu retten. Und du wirst verstehen, daß es jetzt für mich allein darum geht.«

»Wo ist Johanna jetzt?« Ullas Stimme klang heiser.

»Im Frauengefängnis am Alexanderplatz. Zusammen mit anderen Frauen aus der ›Roten Kapelle‹, übrigens auch mit Wiebke.«

Ulla stöhnte auf. »Wie geht es ihr?«

Gedankenverloren blickte Wilhelm durch den Raum, auf die verdunkelten Fenster. Langsam, im Tonfall tiefster Bewunderung, fuhr er fort: »Johanna ist einzigartig! Großartig! Sie steht die pausenlose Verhöre mit einer unglaublichen Kraft und Stärke – und Klugheit durch.«

Nach einer Pause wandte er sich wieder Ulla zu. »Die Prozesse gegen die Mitglieder der ›Roten Kapelle‹ gehören zu meinem Arbeitsgebiet. Ich habe Akteneinsicht, muß die Protokolle abheften usw. Wir können beruhigt sein. Johanna schweigt, erwähnt uns niemals, nichts von unserer Hilfsaktion. Wiederholt immer nur, daß sie sich ohne euer Wissen in der Laube versteckt hat.«

Er lachte kurz auf: »Dafür bin ich ihr wirklich von Herzen dankbar. Diese vielen schlaflosen Nächte in Todesangst, die ich hinter mir habe, möchte ich nicht noch einmal erleben! – Entschuldige! Das war geschmacklos!« Er lächelte Ulla flüchtig an: »Ich vermute, Johanna wird zu einer wahrscheinlich nicht einmal sehr langen Freiheitsstrafe verurteilt. Da muß sie leider durch. – Aber nun wollen wir von etwas anderem reden. Das Leben geht schließlich weiter!«

Mein Stichwort, dachte Ulla. Laut sagte sie: »Wie recht du hast! Ich muß dir etwas sagen!« Und nach einer kurzen Pause, ihm voll ins Gesicht blickend: »Ich bin schwanger. Ich bekomme ein Kind von dir!«

Trotz der ernsten Situation mußte Ulla sich zusammennehmen, um nicht laut über Wilhelms Gesichtszüge aufzulachen. Hilflos begann er zu stottern: »Ein Kind ... Das kann doch nicht wahr sein ... So schnell geht das doch nicht ...« Dann entschiedener: »Weißt du genau, daß es von mir ist? Schließlich könnte ja auch Werner der Vater ...«

»Du weißt genau, daß du es bist!« unterbrach ihn Ulla.

Wilhelm war plötzlich ganz ruhig: »Na gut, du bekommst ein Kind – und was wirst du jetzt machen?«

Ulla beugte sich vor. Ihre hellen Augen funkelten vor Empörung, aber sie beherrschte sich: »Nicht ich – wir! Wir werden heiraten. Das Kind braucht einen Vater und eine Familie!«

Wilhelm stand langsam auf, blieb vor ihr stehen und blickte kopfschüttelnd auf sie herab. Dann begann er, die Hände in die Hosentaschen vergrabend, im Zimmer auf- und abzugehen.

Ulla beobachtete ihn nachdenklich, während sie sich wieder in ihren Sessel zurücklehnte. Sie spürte, wie sie zitterte. Nein, mit Wilhelm konnte sie nicht rechnen. »Das ist alles nicht so einfach, Ulla«, begann Wilhelm schließlich. »Selbstverständlich werde ich meinen Verpflichtungen nachkommen und natürlich Unterhalt für das Kind zahlen, aber wir können nicht heiraten. Vielmehr, ich will dich nicht heiraten, ich liebe dich nicht.«

Bevor Ulla eine heftige Antwort geben konnte, sprach er schon weiter: »Ich weiß, was du sagen willst. Du liebst mich auch nicht, aber um des Kindes willen sollten wir es versuchen. Ich gebe dir völlig recht. Aber da ist noch etwas anderes.« Wilhelm stockte. »Red weiter!« Ulla wurde ungeduldig. »Also, wie soll ich sagen ...« Wieder eine Pause. »Ich liebe eine andere.«

Ulla sprang auf. »Wie bitte? Davon hast du nie etwas gesagt. Du lügst doch. Seit wann liebst du eine andere?«

Ironisch fragte Wilhelm zurück: »Ach, muß ich dich um Erlaubnis bitten, bevor ich mich verliebe? – Jedenfalls liebe ich seit dem Sommer eine Frau, und zu Weihnachten werden wir uns offiziell verloben. Ich kann und will dich also nicht heiraten!«

In ohnmächtiger Wut schlug Ulla ihm ins Gesicht: »Du hast mich ins Bett gelockt, du hast meine Hilflosigkeit ausgenutzt, obwohl du schon gebunden warst!« Schwer atmend fiel sie in den Sessel zurück. Nachdem sie sich etwas beruhigt hatte, stand Ulla auf und ging. In der Wohnzimmertür drehte sie sich noch einmal um und fragte fast beiläufig: »Wer ist es denn? Kenne ich sie?«

Als Wilhelm zögerte, zum zweiten Mal an diesem Abend, hakte Ulla voller Hohn nach: »Was ist? Schämst du dich für sie?« »Nein, natürlich nicht!« antwortete Wilhelm hastig, und mit einer gewissen Anspannung fuhr er fort: »Du kennst sie auch. Es ist Traudl.«

Einen Moment herrschte Totenstille in der Wohnung, dann brach Ulla, an den Türrahmen gelehnt, in hysterisches Lachen aus. »Die Pute! – Die dumme Pute will er heiraten!« stieß sie atemlos zwischen zwei Lachanfällen hervor. »Es ist gut, daß es so gekommen ist. Ich wäre nie mit dir glücklich geworden. Ich komme besser allein zurecht. Und ich weiß auch, warum du diese langweilige Pute heiratest. Nicht, weil du sie liebst, sondern wegen ihrer dreckigen SS-Familie. Du denkst, diese Heirat nützt deiner Karriere. Aber du bist dumm, du setzt auf das falsche Pferd. Die Nazis verlieren den Krieg und wenn Deutschland wieder frei ist, werden sie für ihre Verbrechen bestraft.«

Sie schlug die Tür hinter sich zu. Im Weggehen hörte sie noch Wilhelms beschwörendes: »Nicht so laut! Du machst ja das ganze Haus wach!« Boshaft dachte sie: »Wenigstens ein starker Abgang.«

Der Prozeß gegen Johanna und acht andere Häftlinge, die ebenfalls mit der »Roten Kapelle« in Verbindung gebracht wurden, begann im Januar 1943 vor dem Reichskriegsgericht in der Witzlebenstraße. Das Gericht tagte im zweiten Stock in dem großen Sitzungssaal unter Ausschluß der Öffentlichkeit. Wilhelm als Angehörigem des Gerichts war es möglich, zeitweise an den Prozessen teilzunehmen. Er benötigte alle Kraft, sich unbeteiligt und professionell zu geben, als er Johanna sah. Gebannt beobachtete er sie. Einmal wechselten sie einen gleichgültigen Blick. Johanna stand aufrecht, konzentriert und immer noch selbstbewußt vor der Barriere, die Angeklagte und Richter trennte, im Angesicht der Justitia und der großen Hitler-Büste.

Der Chefankläger war der wegen seiner Brutalität und seines Zynismus berüchtigte Manfred Roeder. Juristisch gesehen war das Beweismaterial gegen Johanna dürftig. Es ging um die Herstellung weniger Flugblätter, das Benutzen eines Vervielfältigungsapparates und um die Treffen mit Mitgliedern der Gruppe Schulze-Boysen.

In nur knappen zweieinhalb Tagen wurden die neun Häftlinge angeklagt, vernommen, verteidigt, ihre »letzten Worte« gehört und drei Tage später verurteilt. Johannas Hoffnung und die der Eltern und Freunde auf eine Zuchthausstrafe wurde getäuscht: Wegen Beihilfe zur Vorbereitung des Hochverrats und zur Feindbegünstigung wurde sie zum Tode verurteilt. Da das Urteil nicht sofort vollstreckt wurde, begann in den nächsten Monaten eine quälende Zeit des Bangens und Hoffens.

Bis zum 30. März verblieb Johanna noch im Polizeigefängnis am Alexanderplatz, dann wurde sie mit den anderen Todeskandidaten in das Gerichtsgefängnis in der Kantstraße gegenüber dem Amtsgericht in Charlottenburg verlegt, und noch einmal nach sechs Wochen in das Frauengefängnis in der Barnimstraße. Das Gnadengesuch ihrer Eltern, das der Präsident des Reichskriegsgerichtes unterstützte und das sogar bei Göring auf Wohlwollen stieß, lehnte Hitler ab.

Am 5. August 1943 wurde Johanna von der Barnimstraße aus zur Hinrichtung nach Plötzensee gebracht. Es war ein warmer Sommertag, blauer Himmel, kaum ein Wölkchen. Ruhig und erhobenen Hauptes ging sie durch das große Tor, das sich hinter ihr schloß. Nach einem Gespräch mit dem Gefängnispfarrer schrieb sie einen letzten Brief an ihre Eltern. Von einem persönlichen Gruß an ihren Zwillingsbruder Richard hielt sie Abstand. Sie wollte ihn nicht gefährden.

Um 19 Uhr 50 wurde Johanna vom Scharfrichter in den Vollstreckungsraum und zum Fallbein geführt. Mit ihr wurden an diesem Abend im August im Dreiminutentakt noch fünfzehn andere Anhänger der Widerstandsbewegung hingerichtet.

Johanna war eine von dreitausend Männern und Frauen, die zwischen 1933 und 1945 im Zuchthaus Plötzensee von den Nazis umgebracht wurden.

13

Es war tiefe Nacht geworden, alle schwiegen. Anna weinte, aber diesmal brauchte sie sich nicht zu schämen. Frau Körner wirkte am wenigsten berührt. Jetzt lächelte sie sogar: »Außer meinem Sohn Joachim habe ich noch nie jemandem mein Leben so ausführlich erzählt!« »Wie ging es denn mit Ihnen weiter?« fragte Anna. »Ich meine, mit dem Kind und so ...«, stotterte sie. »Besser, als ich es mir je vorgestellt hatte. Für meine Eltern war die Tatsache, daß ihre Tochter ein uneheliches Kind bekam, zunächst ein großer Schock. Damals herrschte ja eine andere Moral als heute. Aber bald freuten sie sich auf das Kind, und für meinen Vater war der kleine Joachim die letzte große Freude. Ein halbes Jahr später ist er dann gestorben. Im übrigen kamen mir in diesem Fall die Kriegsverhältnisse sehr zu Hilfe. Alle dachten natürlich, das Baby sei Werners Kind und hatten mit mir Mitleid und volles Verständnis. Ich ließ sie in dem Glauben und erzählte nur meinen und Wilhelms Eltern und Herrn Meissner die Wahrheit. Viele rieten mir, eine Ferntrauung einzugehen, was auch mit gefallenen Soldaten möglich war. Aber das kam unter diesen Umständen für mich nicht in Frage.

Auch später gab es kaum Probleme. Nach dem Krieg wuchsen so viele Kinder ohne Väter auf, weil diese tot waren – da fiel mein kleiner vaterloser Sohn gar nicht auf. Ich war glücklich, daß ich ihn hatte. Mit Wilhelms Eltern habe ich mich übrigens sehr gut verstanden. Sie waren froh über ihr einziges Enkelkind und haben uns die ganzen Jahre unterstützt.«

Jetzt stand Frau Körner auf: »Wie es weiterging, erzähle ich ein andermal! Ich bin müde. Aber eines verspreche ich euch noch, ich werde morgen Wilhelm anrufen. Wir müssen mit ihm reden. Wahrscheinlich hat sich Richard mit ihm getroffen. Ich wundere mich übrigens, daß er nicht auch bei mir angerufen hat. Aber das werden wir hoffentlich bald klären.«

14

Trotz zahlreicher Versuche war es Frau Körner nicht gelungen, Wilhelm Breithaus telefonisch zu erreichen. Möglicherweise war er verreist.

John befiel allmählich eine gewisse Unruhe. Er war jetzt schon eine Woche in Berlin, hatte erstaunlicherweise mit Hilfe seiner neuen Freunde eine Menge über das Schicksal seines Vaters herausgefunden, aber letzten Endes dessen Geheimnis doch nicht gelüftet. Er fragte sich, ob überhaupt noch Aussicht auf Klärung des Falles bestand.

Die notwendigen Formalitäten, seinen Vater nach Utica zu überführen, hatte er bereits erledigt. Aber noch hatte die Staatsanwaltschaft die Leiche nicht freigegeben, da das gerichtsmedizinische Gutachten noch nicht abgeschlossen war.

Gegen zwölf Uhr schob Anna ihren Sohn zufrieden in seinem Buggy durch den Park. Auf der Suche nach einem Kindergarten für Max hatte sie gerade den der evangelischen Gemeinde in der Herbartstraße »inspiziert«. Max fühlte sich sofort wie zu Hause, kurvte draußen, während Anna sich von einer Erzieherin in die Geheimnisse des Kindergartenalltags einweisen ließ, auf dem Spielplatz auf einem Bobbycar herum und protestierte lautstark, als er sich verabschieden sollte. Ausnahmsweise freute sich Anna über sein Gebrüll.

Gerade gingen sie den Weg unterhalb des Gemeindehaus entlang und kamen an dem Platz vorbei, an dem vor gut einer Woche die tote Frau gefunden wurde, als Anna stutzte. Da weinte doch jemand! Und wirklich, am Fuß der Treppe, die über den Hohlweg führt, saß ein Mädchen und schluchzte.

Nach kurzem Zögern näherte sich Anna. Ein rührendes Bild bot sich ihr: Das Mädchen, vielleicht zehn Jahre alt, saß mit vorgebeugtem Kopf da, die halblangen dunklen Haare fielen ihm wirr übers Gesicht. Mit beiden Armen umschlang es zitternd einen kleinen Hund unbestimmter Rasse, der sich seinerseits an sie schmiegte, wie um sie zu trösten. Anna konnte nicht anders. Sie setzte sich neben das Mädchen: »Warum weinst du denn so?«

Keine Antwort.

»Hast du dir wehgetan?«

Keine Antwort.

»Kann ich dir helfen?«

Wieder nichts, nur lautes, krampfartiges Schluchzen.

Anna versuchte es noch einmal: »Sei doch nicht so traurig. Guck mal, dein Hündchen versucht doch auch, dich zu trösten!«

Jetzt gab es eine Reaktion. Mit einem Ruck fuhr der Kopf des Mädchens hoch. Mit rotgeweinten Augen und trotzigem Gesichtsausdruck schaute es Anna an und rief empört: »Das ist nicht mein Hund!« Und dann klagend: »Deswegen weine ich ja. Ich darf ihn nicht behalten.«

»Wie heißt denn der Hund?« fragte Anna schnell, um den nächsten Tränenstrom zu verhindern.

»Arco.« Ein tiefer, aber schon deutlich leiserer Schluchzer.

»Und du?«

»Luise.«

Inzwischen war Max aus dem Buggy geklettert, lehnte sich an seine Mutter. Von diesem sicheren Beobachtungsposten aus starrte er ängstlich und neugierig zugleich den Hund an. »Darf er ihn mal streicheln?« Wieder klappte das Ablenkungsmanöver. Luise nickte, Max sträubte sich erst, dann berührte er aber doch vorsichtig das weiche Fell. Die Situation entspannte sich.

»Er gehörte der Frau, die hier gestorben ist«, setzte Luise schniefend das Gespräch fort und fügte in wichtigem Ton hinzu: »Sie ist ermordet worden, mußt du wissen.«

Anna war höchst erstaunt: »Ach, wirklich? Welch ein Zufall, ich habe nämlich gesehen, wie sie gefunden und weggebracht wurde. – Bist du deshalb hierhergekommen, zur Erinnerung an sie?«

»Eigentlich nicht. Ich war oft mit Arco hier im Park. Sie wohnte nämlich bei uns im Haus. Aber sie war schon alt und konnte nicht mehr so gut laufen. Darum bin ich immer mit Arco spazierengegangen, und sie hat mir auch immer Geld gegeben dafür. Einmal sogar einen Euro. Aber jetzt, wo sie tot ist, soll er ins Tierheim, weil meine Mutter nicht will, daß ich ihn behalte.«

Nun flossen die Tränen wieder. »Warum darfst du ihn denn nicht behalten?«

Luise schniefte ausgiebig, dann bemerkte sie altklug: »Das mußt du verstehen, meine Mutter ist alleinerziehend und hat nicht so viel Geld. Außerdem kann sich keiner um Arco kümmern, wenn ich in der Schule bin. Und meine Mutter muß ja arbeiten.«

»Alles klar. Aber du hast den Hund doch jetzt noch.«

Mit zittriger Stimme kam die Antwort: »Aber nur noch heute, morgen fahr ich in die Ferien zu meiner Oma und Mama bringt ihn ins Tierheim.«

»Da kannst du ihn doch sicher mal besuchen«, meinte Anna begütigend.

»Das sagt Mama auch.«

Max, unterdessen ganz mutig, wühlte mit beiden Händen in dem wolligen Fell des Hundes, der sich gutmütig alles gefallen ließ. Plötzlich sagte Luise: »Guck mal, was ich gefunden habe«, kramte in ihrer Hosentasche und zog voller Stolz eine Perle heraus: »Cool, nicht? Die hat ihr gehört.«

Anna nahm die Perle in die Hand und betrachtete sie. Sie war ziemlich groß und hatte einen milden Glanz. Zweifellos war sie echt. »Woher weißt du denn, daß sie ihr gehörte?«

»Na, weil ich ihr die Kette umgemacht habe.« Die Perle verschwand wieder in der Hosentasche. »Sie bekam den Verschluß nicht allein zu, weil sie sich so aufgeregt hat. Nämlich, weil der Mann angerufen hat.«

Anna horchte auf. »Nun erzähl doch mal. Welcher Mann hat denn angerufen?«

Geschmeichelt von Annas Interesse, begann Luise weitschweifig: »Also das war so. Wenn schönes Wetter ist, hole ich nach der Schule immer Arco ab. Meistens gehen wir hier in den Park. Ich wohne nämlich in der Windscheidstraße, am Stutti. Und da ist der Park das nächste, wo man mit einem Hund hin kann. Manchmal gehe ich auch in den Schloßpark, wenn ich viel Zeit habe, aber der ist weiter.«

»Und wie war das neulich?« unterbrach Anna sanft.

»Ich war an dem Tag nachmittags mit Arco im Park gewesen. Und als ich wieder nach Hause kam, war sie ganz aufgeregt, weil ein Mann angerufen hat. Mit dem wollte sie sich abends treffen. Sie fing an, ganz nervös in ihren Kleidern herumzuwühlen, was sie anziehen soll und suchte auch ihre Perlenkette raus, die sie nur ganz selten trug. Die mußte ich ihr dann ummachen, weil sie mit dem Schloß nicht zurechtkam.«

Luise fühlte sich sehr erwachsen: »Dabei ist das ganz einfach, so eins mit einem Karabinerhaken. Sonst war ihr immer egal, was sie anhatte, aber da wollte sie sich richtig schön machen. ›Er soll sehen, daß ich keine dumme Pute bin‹, sagte sie dauernd.«

Anna starrte sie an: »Hat sie wirklich Pute gesagt?«

»Ja, genau. Komischer Ausdruck, nicht?«

»Wie hieß sie überhaupt?«

»Frau Ellguth. Wieso?«

»Weißt du auch den Vornamen?«

»Na klar, Gertrud.«

»Gertrud Ellguth, die Pute«, sagte Anna nachdenklich. Plötzlich fiel es ihr wie Schuppen von den Augen. Das war doch nicht möglich: die Tote im Park war die Pute, die Traudl hieß, die Koseform von Gertrud! Und der Mann, der sie angerufen hat, muß Richard oder Wilhelm gewesen sein. Wieder war sie einen Schritt weitergekommen! »Hast du das auch der Polizei erzählt?« fragte sie betont beiläufig.

Aber sie konnte Luise nicht täuschen: »Wieso interessiert dich das, du kanntest sie doch gar nicht?«

»Na, ich habe sie doch fast gefunden!« antwortete Anna schnell. »Also, weiß die Polizei von dem Mann?« bohrte sie weiter.

»Na klar, die Frau, die Kommissarin hat mich doch richtig verhört«, brüstete sich Luise. »Aber die wissen auch nicht, wer der Mann war.«

Max hatte unterdessen seine Streichelorgien beendet und begann sich zu langweilen. Er zerrte an Annas Hand und zog sie weg. »Mama, komm!« Anna stand auf. »Du siehst, ich muß gehen. Sonst stirbt Max den sicheren Hungertod!«

Luise lachte.

Anna setzte Max in den Buggy. »Vielleicht wird ja alles noch gut. Und viel Spaß bei deiner Oma.«

Als sie schon losgegangen war, kam Luise mit Arco hinterher gerannt: »Warte, ich komm noch ein Stück mit! Darf ich den Wagen schieben? Wo wohnst du denn?«

15

Windscheidstraße. Zehn Tage früher.

Gertrud Ellguth war aufgewacht. Sie brauchte nicht auf die Uhr zu blicken, sie wußte, es war halb sieben. Jeden Tag wachte sie um dieselbe Zeit auf. Warum konnte sie nicht länger schlafen? Den langen Tag wenigstens dadurch ein bißchen verkürzen. Sie schlug die Decke zurück und hob die Beine mühsam aus dem Bett. Eine Weile blieb sie so sitzen. Ihr tat wieder alles weh, besonders das linke Knie. Arthrose. Seit Monaten riet Dr. Gutzke ihr zur Operation, aber sie konnte sich nicht aufraffen. Es hatte doch alles keinen Zweck.

Während sie ins Badezimmer schlurfte, hörte sie aus der Küche ein freudiges Jaulen. Ein gequältes Lächeln huschte über ihr Gesicht. Den Hund hatte sie auch Dr. Gutzke zu verdanken. Gut für Leib und Seele sei das Tier, ein armes Waisenkind. Sie hatte ihn sich schließlich aufdrängen lassen, aber er war ihr nur eine Last. Jeden Tag mußte sie sich nun morgens die Treppe hinunter- und wieder hinaufquälen, um mit dem Hund »Gassi zu gehen«. Blöder Ausdruck. Das Haus hatte keinen Fahrstuhl. Bewegung, Bewegung, hörte sie Dr. Gutzke sagen, das ist das Wichtigste für Sie. Er meinte es ja gut, aber er mischte sich viel zu sehr in ihr Leben ein.

Der Hund, den sie in einer Anwandlung von Sentimentalität Arco genannt hatte nach dem Hund, den sie in ihrer Kindheit besaß, schien ihre Abneigung nie zu bemerken. Jetzt kam er freudig angelaufen und schmiegte sich an ihre Beine. Sie bückte sich, streichelte ihm über das Fell und kraulte ihm auch noch die Stirn, was er besonders liebte. Dann schüttete sie ihm seine Portion Futter in den Freßnapf.

Das Anziehen war wieder eine Qual, obwohl sie sich eine weite Bluse und einen bequemen Faltenrock ausgesucht hatte. Dr. Gutzke riet ihr – ebenfalls schon lange – zu einer täglichen Haushaltshilfe. Aber so lange es noch ging, wollte sie keine fremden Menschen in ihrer Wohnung haben. Eine Frau, die zum Putzen kam, reichte völlig, eine junge Polin, die kaum Deutsch verstand und mit der sie nicht weiter reden mußte.

Sie humpelte in die Küche, bereitete sich ihren Hagebuttentee zu und aß ein Honig-Toastbrot. Sie seufzte, sie mußte heute unbedingt wieder einkaufen gehen.

Während sie an ihrem Honigbrot kaute, gingen ihre Gedanken zurück. Sie konnte sich nicht erinnern, jemals wirklich glücklich gewesen zu sein. Als Kind und Jugendliche jedenfalls nie, überall gab es immer andere, hinter denen sie zurückstand, die hübscher, flinker oder klüger waren.

Merkwürdig, ihre beste Zeit hatte sie im Dritten Reich, in der Nazi-Zeit gehabt, die für alle anderen Deutschen angeblich die schlimmste Epoche der deutschen Geschichte war. Sie lachte kurz auf.

Aufgrund ihrer Verwandtschaft mit hohen Nazi-Funktionären genoß sie damals in ihrer Umgebung eine gewisse Anerkennung, echte oder gespielte – das konnte und wollte sie nicht unterscheiden. Auch Wilhelm gehörte in diese Zeit. Der beste Tag in ihrem Leben war ihr Verlobungstag, als feststand, daß sie seine Frau würde. Da war sie glücklich.

Aber nicht wirklich, dachte sie und trank einen Schluck von dem schon lauwarmen Tee. Sie war wahnsinnig in ihn verliebt gewesen und ungemein stolz, daß sie ihn erobert hatte, gestand sich aber auch ehrlich ein, daß ihre Familie und ihre Beziehungen der Hauptgrund seines Antrags war, vielleicht noch ihre blinde Ergebenheit, aber bestimmt nicht große Liebe. Die brachte er ja nicht einmal für Ursula Körner auf, obwohl sie die Mutter seines Kindes war.

Der Gedanke daran machte sie immer noch wütend: Einen Monat nach ihrer Hochzeit bekam eine andere Frau ein Kind von ihm! Sie haßte ihn dafür, für diese Demütigung, aber sie hatte diese Gefühle damals verdrängt und die verständnisvolle Ehefrau gespielt, immer in der Hoffnung auf Liebe oder wenigstens Anerkennung. Vergebens. Jetzt spielte das alles sowieso keine Rolle mehr. Sie zuckte mit den Schultern.

Diese Ehe war der größte Irrtum ihres Lebens gewesen. Wilhelm interessierte sich nicht für sie, er langweilte sich, kam immer seltener nach Hause, ging allein weg, sprach kaum noch. Dazu kamen die politischen Katastrophen, der totale Krieg, der tägliche Kampf ums Überleben, die Todesangst bei den Luftangriffen, die vielen Toten zu Hause und an der Front. Wilhelm war inzwischen zum Volksgerichtshof versetzt worden, seine Tätigkeit dort blieb geheim.

Dann kam das Kriegsende und der Neuanfang. Geschmeidig fädelte sich Wilhelm nach einer gewissen Zeit der Abstinenz – die Entnazifizierung mußte in Ruhe durchgestanden werden – wieder in das juristische Leben des Nachkriegs-Berlins ein und begann, auch dank des richtigen Parteibuchs, Karriere zu machen.

Aber da war ihre Ehe schon längst am Ende.

Ein einziges Interesse hatte Wilhelm in den ersten Jahren ihrer Ehe an ihr gehabt. Er wünschte sich unbedingt Kinder. Aber sie wurde nicht schwanger. »Nicht einmal dazu bist du fähig«, war Wilhelms kühler Kommentar. Darauf richtete er sich das Gästezimmer als Schlafzimmer ein.

Aber der Tiefpunkt ihrer Ehe stand noch bevor. Ohne sie zu informieren, nahm er Kontakt zu Ulla Körner auf. Er wollte sie überreden, ihm den gemeinsamen Sohn zur Adoption freizugeben. In seinem Haus könnte der Junge viel besser gefördert werden und in größerem Wohlstand leben. Ulla lebte in bescheidenen Verhältnissen immer noch in der Wohnung am Lietzensee. Der Sohn war mittlerweile zwölf Jahre alt, ein aufgeweckter Junge, der nach den Ferien das Charlottenburger Gymnasium in der Bayernallee besuchen sollte.

Gertrud erinnerte sich an die Szene, die Wilhelm damals schilderte. Wie er mit einschmeichelnden Worten Ulla davon überzeugen wollte, daß es besser sei, wenn er ihr das Kind wegnähme. Ulla sprang ihm nicht an die Gurgel, überschüttete ihn auch nicht mit höhnischen Worten, sondern rief nur Joachim herein und fragte ihn gleichmütig, denn natürlich kannte sie seine Antwort: »Möchtest du lieber bei deinem Vater wohnen?« »Nein«, sagte er, hörte sich noch neugierig die hastigen Erklärungen Wilhelms an und sagte wieder: »Nein, vielen Dank, ich will nicht.«

Zur Mutter gewandt: »Kann ich jetzt gehen, ich muß noch ein Gedicht lernen.« »Welches Gedicht denn?« fragte Wilhelm, nicht gewillt, so schnell aufzugeben. »›Die Füße im Feuer‹. Kennst du das? ›Mein ist die Rache, spricht der Herr!‹« Joachim guckte den Vater an und verließ den Raum.

Kurz danach ließen sich Wilhelm und Gertrud scheiden. Obwohl sie vorher eine panische Angst vor der Trennung und dem Alleinsein hatte, empfand sie diese dann doch als Erlösung. Sie hatte vor ihrer Ehe die Handelsschule besucht und bekam nun eine Stelle als Sachbearbeiterin im Bezirksamt Tiergarten. Sie zog in eine hübsche helle Wohnung am Ottopark und begann jetzt ein neues, allerdings, wie sich bald herausstellte, ebenso schales wie langweiliges Leben.

Gerade hatte sie ihr Mittagessen beendet – der junge Mann vom Fahrbaren Mittagstisch hatte ihr wieder einmal scheußlich schmeckende Königsberger Klopse gebracht, von denen über die Hälfte im Mülleimer landete –, als es klingelte und Luise vor der Tür stand. Dieses Mädchen war wirklich der einzige Lichtblick in ihrem Leben. Fast jeden Tag kam sie, um den Hund abzuholen, und brachte Leben und Wärme in ihre Einsamkeit. »Wir hatten heute früher Schluß, Musik fiel aus, weil die Schmidt auf Klassenreise ist.« Luise bückte sich, um den vor Freude jaulenden Arco zu begrüßen.

Kaum hatte Frau Ellguth die Wohnungstür hinter den beiden geschlossen, schrillte das Telefon. Wer mochte das sein? Selten nur noch bekam sie Anrufe. Wahrscheinlich war es die Sprechstundenhilfe von Dr. Gutzke. Sie schlurfte zu dem kleinen Tischchen im Wohnzimmer, auf dem ihr Telefon stand. »Ellguth«, sagte sie frostig.

Kurze Pause, dann: »Hallo. Hier ist Richard!« Wieder kurze Pause. »Richard Sobernheim!« Frau Ellguth zuckte zusammen, als sie den fast vergessenen Namen hörte. Langsam ließ sie sich auf den Stuhl fallen. »Richard! – Du? Du bist in Berlin?«

Die Stimme hätte sie nicht wiedererkannt, amerikanischer Akzent. »Ja, ich bin hier. Und bei dieser Gelegenheit wollte ich mal hören, wie es den alten Freunden geht.«

Alte Freunde, alles Lüge. Unwillkürlich ging sie auf Distanz. »Komisch, daß dich das nach all den Jahren auf einmal interessiert.« »Du weißt doch, im Alter denkt man viel über die Vergangenheit nach. – Wie geht es dir denn?« Richard schien ihre Reserviertheit nicht zu bemerken. »Ach, nicht besonders, ich bin viel krank«, seufzte sie. »Es macht keinen Spaß alt zu werden, das wirst du ja selbst wissen.« »Jaja, mit achtzig Jahren ist man kein heuriges Häschen mehr«, versuchte er einen Scherz. »Lebst du allein? Du bist nicht verheiratet, oder?« »Wieso?« fragte sie beleidigt, weil er ihr nicht einmal einen Ehemann zutraute. »Entschuldige, ich meine nur wegen deines Namens!« Richard blieb freundlich. »Ich war verheiratet, habe aber nach der Scheidung meinen alten Namen wieder angenommen.«

Selbstverständlich kam die nächste Frage. »Ach so. Und mit wem warst du verheiratet? Kenne ich ihn?«

Herablassend wie früher, dachte sie wütend. Bedaure, da spiel ich nicht mehr mit, und zänkisch sagte sie: »Ja, du kennst ihn. Wilhelm Breithaus, aber die Ehe war ein Mißgriff. Wir haben nicht zusammengepaßt. Auch mit dir und Johanna habe ich nie zusammengepaßt.« »Das stimmt doch nicht«, meinte Richard sanft, »wir haben doch so viele gemeinsame Kindheitserinnerungen, Traudl. Ich würde wirklich sehr gern einmal mit dir über die alten Zeiten plaudern. Bitte, können wir uns nicht mal treffen?«

Sie wollte auf gar keinen Fall. »Das geht nicht, ich bin in meiner Wohnung nicht auf Besuch eingerichtet.«

Richard ließ nicht locker: »Wir können uns doch woanders treffen. Sieh mal, hier am Lietzensee gibt es ein nettes kleines Café, das heißt Musik-Café. Da kann man auch draußen sitzen. Wir könnten ein Glas Wein trinken und uns unterhalten.« »Ich trinke schon lange keinen Alkohol mehr und außerdem kann ich kaum laufen, der Weg ist viel zu weit«, entgegnete sie schroff.

Je unhöflicher und abweisender sie wurde, umso liebenswürdiger versuchte Richard sie umzustimmen: »Du kannst doch mit der Taxe fahren und natürlich auch einen Saft trinken. Ich habe jetzt noch zu tun, aber um neun Uhr könnte ich kommen. Bitte, ich würde mich so sehr freuen.«

Schließlich gab sie sich geschlagen. »Neun ist viel zu spät«, wandte sie noch ein. »Aber da ist es doch noch hell. Und heute gibt es bestimmt wieder einen wunderbar warmen Sommerabend. Also, ich freue mich, Traudl. Bis heute abend! Um neun im Musik-Café! Auf Wiedersehen!«

Sie ist immer noch eine dumme Pute, dachte Richard. Er stand an einer Telefonsäule in der Dernburgstraße. Kopfschüttelnd betrachtete er die Säule, während er den Hörer einhängte. Lächerlich, was heute in Berlin als Telefonzelle angeboten wird.

Er sah nach oben und sein Blick fiel auf einen langweiligen Neubau der Nachkriegszeit. Die Bomben hatten das alte Eckhaus zerstört. Anstelle des Cafés, in dem Johanna verhaftet worden war, befand sich jetzt ein Supermarkt. Zögernd betrat er den Laden, ohne zu wissen, was er eigentlich dort wollte. Es regte sich kein noch so diffuses Gefühl der Erinnerung, obwohl er in guten Tagen hier ein häufiger Gast war. Verloren blieb er zwischen den Regalen stehen. »Kann ich Ihnen helfen?«

Eine frische Stimme holte ihn in die Wirklichkeit zurück. Die junge Angestellte blicklte ihn hilfsbereit an: »Was suchen Sie denn?« Gegen seinen Willen sagte Richard: »Hier war früher ein Café. Wußten Sie das?« »Tut mir leid, mein Herr, aber das stimmt nicht«, korrigierte ihn das Mädchen bestimmt. »Hier war schon immer ein Laden. Ich kenne mich in dieser Gegend aus, wohne hier schließlich schon seit einundzwanzig Jahren.«

Dann verschwand sie wieder nach einem unüberhörbaren »Jenny, Kasse!«

Richards melancholische Stimmung war im Nu verflogen. Er sollte die Vergangenheit auf sich beruhen lassen, dachte er, nicht mehr in den alten Wunden bohren. Richard verließ das Geschäft, überquerte die dichtbefahrene Neue Kantstraße, und ging an drei in ihren Autos dösenden Taxifahrern vorbei in die Wundtstraße.

Er zwang sich, mit bewußt nüchternem Blick die Umgebung zu betrachten, als er langsam die vertraute Straße hinunterging. Die Kriegszerstörungen können nicht so gravierend gewesen sein, stellte er fest, fast alle Häuser sahen aus wie früher, wenig Neubauten. Die Geschäfte an der Ecke Riehlstraße, früher eine Bäckerei, ein Friseur und eine Drogerie, standen leer. Gegenüber ein großes Uhren-Geschäft.

Er überquerte die Riehlstraße und näherte sich seinem alten Wohnhaus. Erst kam er noch an dem Haus der früheren katholischen Mädchenschule vorbei, das eingerüstet dastand, und den Informationen einer großen Tafel zufolge gerade zu einem Wohn- und Geschäftshaus umgebaut wurde. Richard blieb stehen, betrachtete die kleine Parkanlage auf der linken Seite und schließlich das Haus seiner Kindheit. Es hatte sich wenig verändert, dachte er dankbar, nur wucherte jetzt kein wilder Wein mehr an der Schmalseite des Hauses, und in den Dachboden waren Wohnungen eingebaut. Als er schließlich in der großen Nische vor dem Hauseingang stand – dieselbe alte Tür, nur in einer anderen Farbe gestrichen – und gerade das Klingelschild studieren wollte, trat von der Straße her ein junger Mann mit dem Schlüssel in der Hand heran: »Suchen Sie jemand?« »Nein, danke«, murmelte Richard und verließ mit gesenktem Kopf hastig den Hauseingang. Er wollte nicht auffallen.

Er überquerte die Straße und betrat – wie in alten Zeiten – durch das steinerne Tor mit den großen Eisenlaternen den Park. Die flachen Stufen des Eingangs waren sorgfältig gefegt, die beiden Bänke hinter dem Tor und das Tor selbst ohne die allgegenwärtigen Schmierereien, die zum Berliner Stadtbild gehörten. Auf der rechten Seite stand immer noch die mächtige Linde, aber das Gleichgewicht war gestört, denn die auf der linken Seite fehlte. Hinter der Linde auf dem Weg zum Kriegerdenkmal sah er zwei Frauen den Weg harken.

Er stieg geradeaus die Treppen hinunter. Die dichten Buschreihen an den Seiten, die den Weg so schön lauschig und geheimnisvoll wirken ließen, waren abgeholzt. Schade, dachte Richard und ließ den Blick weit durch den Park schweifen, kaum mehr Büsche und Hecken, alles übersichtlich und pflegeleicht. Der Platz unten am See, den eine Diana-Statue aus Bronze geschmückt hatte, war leer. Aber wie in alten Zeiten verzierten den Weg zum See zwei prächtige Blumenrabatten.

Richard atmete tief durch. Als er sich auf dem Mittelweg nach links wandte, sah er zwischen Spaziergängern und spielenden Kindern wieder Frauen und Männer, die mit Besen und Harke den Weg bearbeiteten. Jetzt bemerkte er auch eine Tafel mit der Aufschrift « Bürger für den Lietzensee« und »Wir pflegen unseren Park«. »Machen Sie das freiwillig?« fragte er eine junge Frau. »Na, klar. Ehe unser Park total verdreckt, machen wir ihn lieber selbst sauber. Wollen Sie auch eine Harke haben?« »Ich bin nicht von hier.« Er verbesserte sich schnell: »Nicht mehr. – Aber viel Erfolg!« stotterte er etwas verlegen.

Gehobener Stimmung ging er weiter. Einem klapprigen Opa hätte die Frau bestimmt keine Harke angeboten.

In dem alten Milchverkaufshäuschen war ein kleines Café untergebracht, in dem an diesem Sommertag reger Betrieb herrschte. Aufatmend setzte er sich auf einen der Plastikstühle, bestellte sich ein Bier und betrachtete seine Umgebung. An der Stelle der großen eingezäunten Liegewiese, die zu seiner Zeit einmal in der Woche zur vorsichtigen Benutzung geöffnet war, befand sich heute ein riesiges, offenbar stark genutztes Spielgelände mit Tischtennisplatten, Ballwiese und zahlreichen Klettergeräten.

Zum wiederholten Mal bedachte Richard seine Pläne. Die Absicht, mit der er nach Berlin gekommen war, nämlich Wilhelm zur Rechenschaft zu ziehen und ihn wie auch immer zu bestrafen, erschien ihm immer absurder. An seine Mordphantasien mochte er gar nicht mehr denken. Aber diese Reise war dennoch richtig gewesen. Er spürte, wie gut es ihm tat, alles, was er seit Jahrzehnten in sich vergraben hatte, hervorzuholen. Nur so konnte er Frieden mit sich und seinen Erinnerungen schließen. Schon jetzt fühlte er sich wie befreit. Er lächelte einem Jungen zu, der mit konzentriertem Gesicht auf einem Fahrrad an ihm vorbeifuhr.

Seine Gedanken gingen zu seinem Sohn. Ich habe viel falsch gemacht, John. Wenn ich zurück bin, wird alles anders. Bevor er aber zurückkehrte, mußte er noch zwei Dinge in der alten Heimat erledigen. Erstens wollte er genau wissen, was damals passiert war und zweitens von Johanna Abschied nehmen. Deshalb war für ihn unbedingt ein Besuch erforderlich in dem Haus, in dem sie vor Gericht gestanden hatte und zum Tode verurteilt worden war.

Zuerst hatte er Wilhelm angerufen, aber es meldete sich nur der Anrufbeantworter. Also mußte er es später noch einmal versuchen. Ulla Körner wohnte noch in demselben Haus, wie er aus dem Telefonbuch erfuhr. Als er sie anrief, war besetzt. Auch hier war ein zweiter Anruf nötig. Die Pute, oder Traudl, hatte er erreicht und sich mit ihr verabredet. Das war ein guter Anfang. Sicher konnte sie ihm einiges erzählen. Er nahm sich fest vor, nett zu ihr zu sein und sich auch nicht durch törichtes Gerede provozieren zu lassen.

Zufrieden trank er in großen Zügen das kühle Bier und spürte die aufsteigende Müdigkeit. Er zahlte und schlenderte auf den alten bekannten Wegen durch den Park zum Hotel am Lietzenseeufer. Nachdem er sich den Wecker auf halb acht Uhr abends gestellt hatte, schlief er ein.

16

Mißmutig räumte Anna den Frühstückstisch ab. Nicht einmal das Wetter spielte mit, denn heute früh hatte das Thermometer nur siebzehn Grad angezeigt, viel zu kalt also für ein Balkonfrühstück. Martin war schon weg. Sein Seminar begann um acht Uhr morgens. Sie konnte nicht verstehen, warum er sich in jedem Semester diesen frühen Termin geben ließ. Als ob die Studenten nicht auch eine Stunde später erscheinen könnten.

Anna ärgerte sich, daß ihre »Ermittlungen« überhaupt nicht mehr vorankamen. Dieser Wilhelm konnte vielleicht helfen, war aber spurlos verschwunden. Frau Körner versuchte ihn zu allen möglichen Tageszeiten zu erreichen, immer erfolglos. »Komm, Max!« sagte sie entschlossen und schnappte sich ihren Sohn. »Das Chaos lassen wir jetzt einfach stehen. Wir machen einen Ausflug. Wir fahren nach Eichkamp und suchen Wilhelm!«

Bald saßen sie im Auto. Max thronte in seinem Kindersitz und schaute zufrieden aus dem Fenster. Er war ein passionierter Autofahrer. Annas Plan war, zum Eichkatzweg in Eichkamp zu fahren, wo Wilhelms Haus stand. Vielleicht konnte sie ja in der Nachbarschaft etwas über seinen Aufenthaltsort erfahren. Die Adresse hatte sie sich aus dem Telefonbuch herausgesucht.

Eichkamp kannte sie recht gut, weil dort eine Schulfreundin von ihr gewohnt hatte. Die Siedlung aus Einfamilienhäusern lag hinter dem Messegelände und der Deutschlandhalle. Eichkamp gehörte wegen seiner Nähe zum Wald und zur City zur bevorzugten Wohnlage im Westen Berlins – mit entsprechenden Grundstückspreisen.

Nachdem Anna den Messedamm hinuntergefahren war, fuhr sie gar nicht erst in die Siedlung hinein, sondern parkte gleich vorn an der Eichkampstraße/Ecke Lärchenweg.

Sie schaute sich um. Ein hübsches, gepflegtes Haus nach dem anderen, alle mit ordentlichen Gärten,viele mit Spielgeräten für Kinder. Ob es hier auch einen Spielplatz gab? Es sah nicht so aus. Hier spielte wohl eher jeder für sich in seinem eigenen Garten. Die erste Querstraße war schon der Eichkatzweg, den sie nun nach links einbogen. Max marschierte wacker mit. »Wenn es hier Eis gibt, kaufen wir eins!« lächelte Anna auf ihren Sohn hinunter und drückte seine Hand. Ihre schlechte Laune war verflogen.

Der Eichkatzweg war lang, und das Haus von Wilhelm Breithaus lag fast an seinem Ende. Es war eine stattliche Doppelhaushälfte, einstöckig mit ausgebautem Dach, sicher ein Bau aus der Gründungszeit der Siedlung. Die Hauswände waren mit dichtem wilden Wein bewachsen. Haus und Garten machten einen sehr gediegenen Eindruck.

Auf der Straße war kein Mensch zu sehen. Anna überlegte gerade, wie sie vorgehen sollte, als eine Frau mittleren Alters angeradelt kam und vor dem Haus hielt. Ganz offensichtlich die Bewohnerin der anderen Haushälfte. »Suchen Sie jemanden?« fragte sie reserviert und schob das Rad in ihren Garten.

Anna rief ihr von der Straße hinterher: »Ich wollte zu Dr. Breithaus. Können Sie mir sagen, wann ich ihn wohl antreffe?«

Die Frau war nicht gewillt, so ohne Weiteres vertrauliche Mitteilungen an Fremde weiterzugeben. »Was wollen Sie denn von ihm?« fragte sie mißtrauisch. »Wer sind Sie überhaupt?« »Ich bin eine Terroristin und will eine Bombe legen«, hätte Anna am liebsten gesagt.

Stattdessen nahm sie Max auf den Arm, das schaffte Vertrauen, und legte los: »Ich bin Anna Kranz. Meine Mutter ist eine alte Freundin von Dr. Breithaus. Sie macht sich Sorgen um ihn.«

Anna bemerkte an dem Gesichtsausdruck ihrer Gesprächspartnerin, daß sie auf dem richtigen Weg war. Auch sie machte sich offensichtlich Sorgen, deshalb schob Anna gleich nach: »Große Sorgen! Sie war mit ihm verabredet, aber er kam nicht. Dann hat sie dauernd versucht, bei ihm anzurufen, aber sogar den Anrufbeantworter hat er abgestellt. Sie ist furchtbar beunruhigt. Deswegen bin ich hergekommen. Vielleicht ist ihm ja etwas passiert, er ist ausgerutscht und liegt jetzt hilflos in der Wohnung und keiner merkt etwas und hilft ihm!«

Die Nachbarin, die inzwischen nah an den Gartenzaun herangetreten war, reagierte genauso, wie Anna es erhofft hatte. Zuerst empört: »Also, ich bitte Sie! Das hätte ich natürlich sofort gemerkt. Schließlich wohnen wir seit Jahren Tür an Tür!« Dann dankbar, weil sie ihre Sorgen einer gleichgesinnten Seele anvertrauen konnte: »Ich bin ja auch so beunruhigt. Also Dr. Breithaus ist in seinem Wellness-Hotel am Scharmützelsee, wo er öfter mal hinfährt, um sich zu erholen. Eigentlich wollte er erst am Ende des Monats fahren. Aber plötzlich, vorigen Montag, kam er mittags nach Hause und sagte, daß er sofort fährt. Er sah schrecklich aus, ganz grau und zitterte am ganzen Körper. Ich war richtig erschrocken und fragte ihn, ob er krank ist. Aber er winkte nur ab, es sei nichts, er brauche nur Ruhe. Er würde jetzt für eine Woche nach Bad Saarow fahren, dann würde es ihm wieder besser gehen. Aber ich soll keinem Menschen sagen, wo er ist. Er will absolute Ruhe haben.«

Aber sie war noch nicht am Ende: »Eigentlich wollte er gestern wieder kommen. Deswegen mache ich mir ja solche Sorgen. Er ist auch wieder mit seinem Mercedes gefahren. Er fährt immer noch selbst, obwohl er nicht mehr der Jüngste ist. Vielleicht hatte er ja einen Unfall. Er ist auch in letzter Zeit so vergeßlich geworden. Vielleicht findet er gar nicht mehr nach Hause. Ich weiß wirklich nicht, was ich machen soll.«

Anna versuchte sie zu beruhigen: »Wenn ihm wirklich etwas passiert ist, hätten Sie schon etwas gehört. Aber es wäre nett, wenn Sie ihm die Telefonnummer meiner Mutter geben würden, damit er sie gleich anruft, sobald er zurück ist.«

Während Anna die Nummer von Frau Körner auf einen Zettel schrieb, jammerte die Nachbarin weiter: »Wenn ihm bloß nichts passiert ist! Er ist ein so feiner Herr! Und er war am Wochenende so erfreut, als sein alter Freund ihn besuchte. Ich habe sie im Garten gehört.« »Ein Freund hat ihn besucht?« Anna bemühte sich, ihre Aufregung zu verbergen. »Ja, ein Ausländer, jedenfalls hatte er einen Akzent. Zweimal war er da, am Sonnabend und auch am Sonntag. Sie hatten sich so viel zu sagen.«

Das mußte Richard gewesen sein, dachte Anna. »Haben Sie denn verstanden, wovon die beiden geredet haben?« Nun war sie zu weit gegangen. Beleidigt zog sich die Nachbarin zurück. »Natürlich nicht, ich belausche doch niemenden! Wo denken Sie hin!«

Aber den Akzent hast du gehört, dachte Anna. Sie verabschiedete sich. Als sie am Auto ankamen, war Max frisch und munter, Anna erschöpft, weil sie ihn die Hälfte des Weges getragen hatte!

Am Abend – Max schlief schon, Martin arbeitete noch – machte Anna noch einen Besuch bei Frau Körner.

Als sie bei ihrer Nachbarin klingelte, öffnete ihr erwartungsgemäß John. Seit ihrer ersten Begegnung hatte sich zwischen der alten Frau und dem jungen Mann eine echte Freundschaft entwickelt. Mindestens einmal täglich besuchte John die alte Freundin seines Vaters. Dann saßen sie zusammen und unterhielten sich. Meistens sprachen sie von den alten Zeiten, und Frau Körner erzählte von dem Leben in Berlin, von ihrer Kindheit und Jugend in der Nazi-Zeit und den Kriegsjahren. Und immer standen die Zwillinge im Mittelpunkt. John hatte das Gefühl, erst jetzt seinen Vater und seine Tante kennenzulernen. Fassungslos stellte er immer wieder die gleiche Frage: »Warum hat er das nie erzählt?« Und er war Frau Körner zutiefst dankbar, daß sie das höchst lückenhafte Bild seines Vater vervollständigte.

Inzwischen hatte er sich entschlossen in Berlin zu bleiben und in Ruhe die Aufklärung des Todes seines Vaters abzuwarten. Denn die entscheidende Frage nach den Todesumständen war immer noch nicht geklärt.

Sie saßen zu dritt zusammen und besprachen die Neuigkeiten des Tages. Anna berichtete von ihrem Ausflug nach Eichkamp. »Immerhin habe ich einiges erfahren. Erstens: Richard hat Wilhelm besucht. Sie haben sich gut vertragen, also glaubte dein Vater nicht mehr, daß Wilhelm die Ursache für Johannas Verhaftung war. Die Frage ist: Warum nicht? Was hat Wilhelm ihm erzählt? Zweitens: Wilhelm war Montag Mittag völlig verstört und ist regelrecht geflüchtet. Das kann, muß aber nicht, bedeuten, daß er in irgendeiner Weise am Tod von Richard beteiligt war. Wir sind jetzt endgültig an dem Punkt angelangt, wo wir ohne Wilhelm nicht mehr weiterkommen. Und der ist verschwunden!«

In diesem Moment klingelte das Telefon.

Frau Körners Hand zitterte vor Aufregung: »Körner!«

Dann ein kurzes Lachen: »Ach, du bist es Gerda! – Ja, ich erwarte einen Anruf!– Jaja, von meinem Sohn! – Ja, da habe ich Zeit. – Auf Wiedersehen!«

Nachdem sie den Hörer aufgelegt hatte, setzte John das Gespräch fort. »Schlimmstenfalls machen wir einen Ausflug nach Bad Saarow.«

Wieder klingelte das Telefon. »Keine Aufregung, das ist Käthe«, meinte Frau Körner gelassen. »Die wollte mich anrufen.«

Aber dann blickte sie ihre beiden Besucher mit großen Augen an und stellte den Lautsprecher ein. »Guten Tag, Wilhelm. Wir haben schon auf deinen Anruf gewartet.«

Eine Altmännerstimme klang aus dem Lautsprecher: »Wie schön, dich zu hören! Ich bin eben aus Bad Saarow zurückgekommen. Frau Ehmke-Felsenstein sagte mir, daß ich dich sofort anrufen sollte. Ich wußte übrigens gar nicht, daß du noch eine Tochter hast.« »Naja«, lächelte Frau Körner zu Anna hinüber, »sagen wir eher eine Pflegetochter. Anna ist übrigens gerade hier zu Besuch bei mir«, und dann fügte sie hinzu: »Ebenso Richards Sohn John.« »Sein Sohn ist in Berlin? Wie kommt denn das? Davon hat Richard ja gar nichts erzählt. Wißt ihr ...« – Wilhelm zögerte, er hatte Mühe die richtigen Worte zu finden –, »wißt ihr, daß ... Richard war bei mir, hat mich besucht, ... daß ... er ... tot ist?« »Ja, das wissen wir.« Frau Körner atmete tief durch. »Anna war es, die seine Leiche im Kammergericht gefunden hat. Wir haben versucht herauszufinden, was eigentlich passiert ist. Aber es gibt noch so viele Fragen, die wir nicht allein klären können. Ich glaube, du weißt etwas und kannst uns helfen.«

»Ach, Ulla, es ist so furchtbar!«

Frau Körners Stimme wurde weich: »Wir müssen uns treffen, Wilhelm.« »Das sagst du? Obwohl du jahrzehntelang jeden Kontakt verweigert hast?«

17

Am Nachmittag des nächsten Tages fuhr Anna ein zweites Mal zu Wilhelm Breithaus nach Eichkamp. Diesmal saß Frau Körner auf dem Beifahrersitz, aufrecht, ihre Handtasche umklammernd. Hin und wieder nestelte sie nervös an ihren weißen Löckchen. Sie sah richtig gut aus in ihrem gelben Jackenkleid. Offenbar wollte sie Wilhelm gefallen. Auch die Perlenkette fehlte nicht. John kauerte eingequetscht neben dem Kindersitz auf der Hinterbank.

Als sie ausstiegen, winkte ihnen Frau Ehmke-Felsenstein, die gerade an ihrer Haustür den Wein beschnitt, zu und rief, zur Seite gewandt: »Herr Doktor, Besuch für Sie!« »Nervensäge«, murmelte Anna und konnte nicht verhindern, daß John laut nachfragte: »Nervensäge, was ist denn das?«

Schon trat Wilhelm Breithaus aus dem Haus, ein mittelgroßer Mann, leicht gebeugt und mit schütterem Haar. Langsam stieg er, sich vorsichtig mit der einen Hand am Geländer festhaltend, die wenigen Stufen von der Haustür hinunter in den Garten und kam auf sie zu. Seine Augen überflogen die kleine Gruppe und nun spielte sich eine Szene ab, für die Anna nur das Wort »bizarr« einfiel: Wilhelm, dessen Augen an John hängengeblieben waren, geriet völlig außer sich. Mit aufgerissenen Augen stolperte er auf John zu und wäre gefallen, hätte dieser ihn nicht geistesgegenwärtig aufgefangen. Zitternd und schluchzend umarmte Wilhelm den jungen Mann, tätschelte sein Gesicht und wiederholte ständig: »Richard, du lebst! Ich bin so froh! Ich dachte, du wärst tot! Aber du lebst!«

Die drei Besucher standen wie erstarrt. Schließlich reagierte John. Vorsichtig löste er sich von dem alten Mann: »Ich bin nicht Richard. Ich bin John, sein Sohn.«

Verwirrt schaute Wilhelm ihn an: »Nicht Richard? Du bist doch Richard! Ich sehe es doch!« Der alte Mann bestand darauf. »Ich weiß, daß ich eine große Ähnlichkeit mit meinem Vater habe, aber Sie können mir glauben, ich bin der Sohn.«

In diesem Moment trat eine ältere Frau aus dem Haus und sagte sehr freundlich, aber auch sehr resolut: »Herr Dr. Breithaus, ich glaube, Sie sollten Ihre Besucher jetzt in den Garten geleiten. Der Kaffee ist fertig!«

Wilhelm drehte sich zu ihr und nickte. Allmählich gewann er seine Fassung wieder. »Jaja, natürlich. – Das ist Frau Koslowski. – Sie sorgt für mich. – Sie hat Kuchen gebacken. – Ja, dann kommt doch bitte hier entlang.«

Frau Körner, Anna und John folgten ihm auf einem schmalen Weg vorbei an blühenden Rosensträuchern zur Terrasse. Anna staunte. Ein großer, kunstvoll angelegter Garten erstreckte sich hinter dem Haus, wunderschön anzusehen. Sicher beschäftigte Wilhelm einen Gärtner, dachte sie, Geld hatte er ja genug, wie sie von Frau Körner wußte, aber offensichtlich auch gärtnerischen Sachverstand.

Sie hatten noch nicht die Terrasse erreicht, als sich Wilhelm plötzlich umdrehte und stehenblieb. Er lächelte die beiden Frauen an: »Verzeiht, bitte! Ich habe euch ja noch gar nicht begrüßt. Ich war durch Johns Ähnlichkeit mit seinem Vater vollkommen verwirrt.«

Dann wandte er sich zu Frau Körner: »Ach, Ulla, daß ich das erleben darf, dich nach all den Jahren wiederzusehen!«

Frau Körner, die wohl einen neuerlichen Gefühlsausbruch befürchtete, antwortete abwehrend: »Ja, wer hätte das gedacht! Aber jetzt sind wir hier! Darf ich dir meine junge Freundin und Nachbarin vorstellen? Das ist Anna, das ist Wilhelm!«

Plötzlich fiel Anna ein, woher sie Wilhelm kannte. Er war es gewesen, der sie damals im Park angerempelt hatte. Jetzt wußte sie, daß er mit Richards Tod irgendwie zu tun hatte. Aber sie sagte kein Wort, sie wollte den alten Mann nicht noch mehr verwirren.

Der große Gartentisch unter einem Sonnenschirm war bereits gedeckt. Anna staunte, als sie auf einer weißen Leinendecke das kostbare Porzellan sah, mit Goldrand und bunten Blumen bemalt, dazu schweres Silberbesteck und dicke Kristallgläser für das bereitstehende Wasser. »Das sieht ja toll aus!« entfuhr es ihr. »Das freut mich, daß es Ihnen gefällt.« Wilhelm lächelte sie an. »Ich habe alles extra für euch vorholen lassen. Es gibt ja leider für mich kaum mehr Möglichkeiten, meine schönen alten Sachen zu benutzen. – Aber bitte, setzt euch doch!« Jetzt war er wieder ganz der gewandte Hausherr.

Frau Koslowski kam, stellte einen großen Teller mit Kirschkuchen und Bienenstich auf den Tisch. Wilhelm bemühte sich vergeblich, mit seinen Besuchern in ein Gespräch zu kommen. Seine alte Freundin und John blieben wortkarg. Anna war ganz verstummt.

Schließlich räusperte sich John und sagte: »Jetzt wollen wir von meinem Vater reden. Sie haben ihn zweimal vor seinem Tod gesehen und mit ihm gesprochen. Bitte, sagen Sie uns alles, was Sie von ihm wissen. Und das wichtigste: Wie ist er gestorben? Ist er ermordet worden?«

Bei diesen Worten hörte Wilhelm auf zu essen und stellte seine Kaffeetasse ab. Wieder begann er zu zittern. Er lehnte sich in seinen Gartensessel zurück und schüttelte heftig den Kopf: »Nein, nein. Dein Vater ist nicht ermordet worden.« »Bitte, erzählen Sie, was geschah!« bat John noch einmal.

Endlich begann der alte Mann zu sprechen: »Dein Vater dachte sein Leben lang, daß ich seine Schwester verraten hätte, gewissermaßen ihr Mörder bin. Aber er glaubte auch, daß ich selbst im Endkampf um Berlin umgekommen bin. Als Richard erfuhr, daß ich noch lebte, beschloß er, mich umzubringen. Deshalb kam er nach Berlin. Er rief mich am Freitag an, ich glaube, angekommen war er am Mittwochabend oder – ich weiß nicht, jedenfalls lud ich ihn ein für den Sonntag. Ich hatte natürlich keine Ahnung von seinem Vorhaben, freute mich sehr, ihn nach so langen Jahren wiederzusehen, wunderte mich aber auch ein bißchen, warum er gerade jetzt, so spät – schließlich sind wir beide schon über achtzig – noch in seine alte Heimat gekommen ist.«

Wilhelm schwieg. »Es ist so schrecklich. Ich weiß nicht, wie ich euch das alles erzählen soll. – Also, gut!«

Er gab sich einen Ruck. »Schon am Sonnabend rief Richard wieder an und fragte, ob er jetzt schon kommen könne. Er wirkte völlig verstört. Er kam mit der Taxe und war schon nach einer halben Stunde da. Ich muß sagen, ich war sehr aufgeregt. Wir hatten unsere ganze Kindheit miteinander verbracht und uns dann jahrzehntelang nicht mehr gesehen. Unsere Freundschaft ist nur durch die politischen Umstände zerstört worden.«

Zu Frau Körner gewandt, die bei diesen Worten das Gesicht verzog: »Ich weiß, Ulla, du siehst das anders. – Aber weiter!«

Mit einem Blick auf John fuhr Wilhelm fort: »Dein Vater sah für sein Alter sehr gut aus. Wir begrüßten uns, umarmten uns auch, aber sein Verhalten schien mir irgendwie seltsam, er sprach kaum ein Wort. Zuerst dachte ich, er sei krank. Als wir dann hier auf der Terrasse saßen, führten wir ein sehr merkwürdiges Gespräch. Stockend sprach er über die Gründe seiner plötzlichen Berlin-Reise. Er gestand offen, daß er Johannas Tod an mir rächen wollte. Ich beteuerte meine Unschuld, aber er sagte nur: ›Du brauchst mich nicht mehr zu überzeugen. Ich weiß, daß du tatsächlich nur helfen wolltest. Ich weiß auch, wer meine Schwester wirklich verraten hat.‹ Wie versteinert saß er da. ›Wer denn? Nun rede doch!‹ beschwor ich ihn. ›Es war die Pute!‹ sagte er tonlos. ›Meine frühere Frau?‹ Ich konnte es nicht fassen. Nie hatte sie auch nur die kleinste Andeutung darüber gemacht.«

Wieder machte Wilhelm eine Pause. Nach einer ganzen Weile sprach er weiter: »Es fällt mir schwer, es auszusprechen, Richard hat Traudl umgebracht!«

18

Musik-Café. Zwölf Tage vorher: Seit einer halben Stunde saßen Richard und Gertrud an einem kleinen Tisch in einer Ecke des gut besuchten Cafés. Mühsam zog sich das Gespräch hin. Gertrud war anfangs sehr zurückhaltend und abwartend, hatte sich dann aber nach dem ersten Glas Saft doch zu einem Glas Rotwein überreden lassen. Angeregt durch die ungewohnte Gesellschaft redete sie nun ohne Pause. Nichtendenwollende Klagelieder mußte Richard über sich ergehen lassen, über ihr schreckliches Leben, ihre vielen Krankheiten, ihr ständiges Alleinsein, die Unfreundlichkeiten der Nachbarn, die Einmischungen von Dr. Gutzke, den frechen Postboten, den dreckigen Hof, den lästigen Hund. Richard stöhnte. Diskret schaute er auf die Uhr. Immer wenn er Traudl behutsam auf andere Themen lenken wollte, blockte sie ab. Nach dem zweiten Glas Rotwein begann sie plötzlich von dem Desaster ihrer Ehe zu lamentieren. »Wie habe ich mich angestrengt, Wilhelm zu bekommen«, sie lachte kurz auf. »Ich hätte mir es denken können, wie alles endet. Daß das alles keinen Zweck hatte. – Und das mit Johanna hätte ich mir auch sparen können.« Mit zittriger Hand hob sie das Glas und trank einen Schluck Wein.

Richard, der kaum mehr richtig zugehört hatte, horchte auf: »Wie meinst du das? Was hättest du dir sparen können?«

Traudl schaute ihn unsicher lächelnd an: »Ach, nichts! Nur so!«

Aber Richard ließ nicht locker: »Doch. Sprich doch! Was war mit Johanna!« »Es ist wirklich nichts«, konnte Traudl gerade noch sagen, dann begann sie plötzlich zu weinen. Vornübergebeugt saß sie da, versuchte noch ihre Tränen zu unterdrücken, aber sie rannen ihr unaufhörlich über das Gesicht.

Richard starrte sie an. Warum weinte sie? Hatte sie etwas mit Johannas Tod zu tun? Ungläubig sah er in das faltige, verheulte Gesicht vor ihm.

Schlagartig erkannte er die Wahrheit. Nicht Wilhelm, sondern diese einfältige, unscheinbare Person, die von niemandem ernstgenommen wurde, hatte Johanna auf dem Gewissen.

Er beugte sich zu ihr hinüber. »Was war mit Johanna?« wiederholte er, jedes Wort einzeln betonend. Er atmete schwer, starrte auf die Frau.

Sie blieb stumm. Endlich stieß sie unter Schluchzen hervor: »Ich wollte doch gar nicht, daß sie stirbt. Es tut mir so leid. Ich wollte doch nur, daß sie ein bißchen im Gefängnis sitzt. Ich hatte doch solche Angst, daß sie mir Wilhelm wegschnappt. Ich wollte das alles nicht.«

Es gab keinen Zweifel, vor ihm saß die Person, die seine Schwester verraten hatte. Die heitere Gelassenheit, die ihn hier in Berlin erfüllt und fast glücklich gemacht hatte, war wie weggeblasen.

Als Traudl immer ungehemmter weinte und die Leute an den Nachbartischen schon neugierig herüberguckten, zog Richard sein Taschentuch aus der Tasche. Kalt sagte er zu ihr: »Jetzt putz dir die Nase und nimm dich zusammen!« und als Traudl immer noch wimmerte, fuhr er sie an: »Hör auf zu heulen!« Da war sie still.

Er griff nach seinem Portemonnaie: »Ich glaube, wir haben jetzt hier lange genug gesessen. Ich werde zahlen, und wir gehen dann noch ein bißchen durch den Park spazieren. Dann kannst du mir alles in Ruhe erzählen.« »Ich will nicht. Es ist schon so dunkel und ich kann doch so schlecht laufen«, sträubte sich Traudl.

Richard konnte ihr Gerede kaum mehr ertragen. Grob sagte er: »Du mußt. Du kannst dich ja bei mir einhaken, ich halte dich.«

Nur weg hier, dachte er, weg von den Menschen. Er zahlte, und sie verließen das Café. Es war ein warmer Sommerabend.

Im Halbdunkel überquerten sie untergehakt die Herbartstraße und standen auf dem runden Platz mit den zwei Parkeingängen, die in verschiedene Richtungen führten. »Bloß nicht die Treppen, auch nicht den schrägen Weg hinunter, da falle ich hin«, hielt Traudl ihn zurück. »Gut, dann gehen wir hier den Weg entlang«.

Ungeduldig, fast zerrend führte er die alte Frau zu dem Parkweg, der parallel zur Herbartstraße verläuft. »Und nun erzähle, wie es damals war.«

Aber jetzt weigerte sich Traudl. »Ich will nicht. Das ist doch auch schon solange her, ist doch jetzt völlig egal.«

Richard sagte scharf: »Du erzählst jetzt alles! Sofort!«

Da gab Traudl nach und während sie über den Weg stolperte und sich dabei an Richards Arm klammerte, sprach sie stockend von ihrem Verrat an Johanna: Sie habe gewußt, daß Johanna in Wilhelms Wohnung untergetaucht war. Eines Tages habe sie geklingelt und als Johanna natürlich nicht aufmachte, habe sie geklopft und gerufen und gesagt, sie wisse, daß Johanna in der Wohnung sei und aufmachen solle, daß sie von Wilhelm eine Nachricht hätte, und daß sie, Johanna, schnell machen solle, weil vielleicht sonst Leute im Haus etwas merken würden. Nach einer Weile habe Johanna dann wirklich aufgemacht. »Ich sagte ihr, daß Wilhelm Schwierigkeiten bekommen hätte und eine Hausdurchsuchung befürchtete und sie sofort verschwinden müßte. Sie solle sich in das Café an der Neuen Kantstraße setzen. Dann würde jemand kommen und ihr sagen, wie es weiter geht.«

Traudl verstummte. »Los! Weiter!« Richard gab ihr einen Stoß. »Deine Schwester wollte mir zuerst nicht glauben. Aber schließlich ist sie dann doch gegangen. Hat sogar noch ›Danke‹ gesagt.«

Pause. »Ich habe dann den Hartmann angerufen, anonym natürlich.« Nun weinte Traudl wieder.

Richard blieb stehen. Inzwischen hatten sie sich der Treppe genähert, und es war ganz dunkel geworden. »Warum hast du das getan?« Leise, mit einem verzweifelten, aber auch drohenden Unterton kam Richards Frage. »Du weißt doch selbst, wie gemein Johanna immer zu mir gewesen ist«, heulte Traudl los. »Sie hat mich nie ernst genommen, sich immer lustig über mich gemacht. Und als sie dann bei Wilhelm wohnte, hatte ich Angst, sie nimmt ihn mir weg. Ich wollte ihr eins auswischen und sie weghaben.«

Nun war es um Richards Selbstbeherrschung geschehen. In ohnmächtiger Wut riß er seinen Arm zurück, so daß Traudl stolperte und stürzte. Sofort zerrte er sie wieder hoch und schlug ihr mit der flachen Hand ins Gesicht. »Du bist schuld an Johannas Tod! Du hast sie umgebracht!«

Wie von Sinnen schlug er auf die alte Frau ein, packte sie an den Schultern, schüttelte sie, stieß sie hin und her, nahm gar nicht wahr, wie sie versuchte, sich zu wehren und schluchzend Erklärungen hervorstieß: »Hör auf! Ich habe doch schon gesagt, daß es mir leid tut! Ich wollte das nicht! Hör auf! Ich dachte, sie sollte nur weg sein. Ich wollte nicht, daß sie stirbt!« »Sie ist tot! Du hast Johanna auf dem Gewissen! Deinetwegen mußte sie sterben! Und du lebst! Mörderin! « schrie er immer wieder zwischen den einzelnen Schlägen. Nach dem letzten Schlag fiel Traudl die Treppe hinunter.

Totenstille. Seltsam verrenkt lag sie am Fuß der Treppe. Keuchend und erschöpft stand Richard da. Langsam kam ihm das Ungeheuerliche zum Bewußtsein.

Zögernd ging er die Treppe hinunter und beugte sich über sie. Kaum konnte er im Dunkeln etwas erkennen. Er hob ihre Hand hoch, versuchte, ihren Puls zu fühlen. Es war sinnlos.

19

»Nein! Nicht! Laß mich los! Hör auf! Nein!« Anna warf sich im Bett hin und her. Martin schüttelte sie: »Anna, wach auf! Du träumst! Wach auf!« Schweißgebadet lag sie in seinen Armen. »Ist ja gut!« murmelte Martin und streichelte ihr nasses Gesicht. »War in den letzten Tagen ein bißchen viel. Aber jetzt ist es vorbei. Komm, schlaf wieder.«

Anna hatte ihm in allen Einzelheiten den Nachmittag bei Wilhelm Breithaus geschildert und von Richards und Traudls Tragödie berichtet. Ganz aufgewühlt hatte sie dann hinzugefügt: »Aber das ist noch nicht alles. Zum Schluß fing Wilhelm an, von Richards Tod zu reden, sehr stockend und ziemlich wirr, wir mußten dauernd nachfragen.

Nachdem also Richard ihm die Sache mit Traudl gestanden hatte, beschlossen beide, niemandem etwas davon zu sagen, sondern Richard sollte sofort wieder nach Hause fliegen. Der bestand aber darauf, sich vorher noch einmal mit Wilhelm im Kammergericht zu treffen und dort Johannas zu gedenken, so wie er es sich vorgenommen hatte.

Als Wilhelm so weit mit seinem Bericht gekommen war, griff er sich plötzlich ans Herz, fing an zu keuchen und nach Atem zu ringen. Wir bekamen alle einen furchtbaren Schreck. Sofort erschien seine Haushälterin – sie hatte ihn offenbar die ganze Zeit nicht aus den Augen gelassen –, gab ihm ein paar Tropfen Arznei und meinte dann, daß wir nun gehen müßten. Herr Breithaus habe ein schwaches Herz, er brauche jetzt Ruhe. Er würde uns anrufen, wenn es ihm wieder besser ginge. Dann führte sie ihn ins Haus. Da sind wir gegangen, konnten uns nicht einmal richtig verabschieden. Und wie Johns Vater gestorben ist, wissen wir immer noch nicht.«

20

Anna wachte erfrischt und ausgeschlafen am nächsten Morgen auf. An ihre nächtlichen Albträume konnte sie sich kaum mehr erinnern, als das Telefon klingelte. »Hallo, Carla. Wie schön, daß du wieder da bist? Wie war es denn bei dir?« »Hat alles bestens geklappt. Wir haben die Kids tagsüber ordentlich in ihren Paddelbooten über die Seen gehetzt, so daß sie abends hundemüde waren! Es war aber auch eine sehr nette Klasse! Und ich habe tolle Fotos gemacht! – Ist hier irgendetwas Besonderes passiert?« »Ja, das kann man wohl sagen. Wir haben den Tod von Richard Sobernheim aufgeklärt!« war Annas Antwort. »Wie wär's? Wollen wir uns heute abend treffen im ›La Paloma‹?«

In dem Lokal in der Krumme Straße trafen sie sich oft, weil es ziemlich genau in der Mitte zwischen dem Savignyplatz und dem Lietzensee lag. »Prima! Also gegen acht Uhr!«

Kaum hatte Anna aufgelegt, klingelte das Telefon wieder. Diesmal war es Frau Körner. »Eben hat Wilhelm angerufen. Es war ihm sehr unangenehm, daß er gestern so zusammengebrochen ist. Er weiß ja, wie wichtig es für uns ist, besonders für John, endlich die Wahrheit über Richards Tod zu erfahren. Er wollte einen Termin zu einem neuen Treffen vereinbaren. Aber ich hatte eine andere Idee. Ich schlug ihm vor, mit uns ebenfalls einen Gang durch das Kammergericht zu machen. Ich denke, nicht nur John, wir alle wollen sehen, wo sein Vater gestorben ist und auch wo Johanna verhört und verurteilt wurde. Und Wilhelm könnte dann an Ort und Stelle die genauen Umstände erläutern, die zu Richards Tod führten. Was halten Sie davon?« »Das ist eine gute Idee! Und was hat Wilhelm dazu gesagt?« »Naja«, meinte Frau Körner, »begeistert war er nicht gerade. Aber nach einigem Zögern schlug er einen Termin am Freitag Vormittag vor.«

21

Freitag, 19. August.

Anna betrat mit Martin, John und Frau Körner das ehemalige Reichskriegsgericht. Um elf Uhr vormittags waren sie verabredet. Carla wartete schon. Als letzter kam Wilhelm. Anna erschrak, als sie ihn sah. Er wirkte noch gebrechlicher als bei ihrer ersten Begegnung. Das Jackett, das er heute trug, schlotterte ihm um die gebeugten Schultern. Man spürte förmlich, welch große Anstrengung und Überwindung es ihn kostete.

Als sie sich alle im Durchgang versammelt hatten, begann er mit seinen Erklärungen: »Am Tag des Prozesses wurde Johanna mit den anderen Angeklagten in einer ›Grünen Minna‹ vom Gefängnis am Alexanderplatz hierher gefahren durch das große Tor in diesen Hof. Dort stiegen die Gefangenen, alle gefesselt, aus und wurden über eine Hintertreppe, die dort rechts vom Hof aus nach oben führt, hochgebracht zu einem Wartesaal. Wir gehen aber diese Treppe hoch.«

Wilhelm zeigte auf die rechte Treppe im Durchgang. »Auch mit Richard bin ich hier hochgegangen«, fuhr er fort. »Er war sehr verstört – wegen der Erinnerung an Johanna, aber auch wegen der Sache mit Traudl. Ständig kamen ihm die Tränen. Außerdem hatte er starke Anfälle von Heuschnupfen. Alles zusammen bewirkte, daß er kaum etwas sehen konnte.«

Wilhelm schwieg, als sie das Treppenhaus verließen und in den Gang traten, von dem viele Räume abgingen. »In diesen Zimmern mußten die Gefangenen warten, bis sie zu ihrem Prozeß aufgerufen wurden. Hier trafen sie auch zum erstenmal ihren Pflichtverteidiger. In welchem Raum genau Johanna gesessen hat, weiß ich nicht.«

Wilhelms Erklärungen kamen jetzt zögernder. Sie gingen den Gang weiter, der an der großen Treppe nach unten endete, an deren Ende Anna den toten Richard gefunden hatte. »Hier passierte es.« Alle starrten nach unten.

Wilhelm schluckte. Mit schwacher Stimme fuhr er fort: »Richard bekam einen Niesanfall, taumelte, ich wollte ihn noch halten, kam aber zu spät. Er stürzte die Treppe hinunter. Ich hatte eine panische Angst und lief zu ihm hinunter. Ich wollte ihm hochhelfen, sah aber, daß er nicht mehr lebte. Er war tot. Es war schrecklich. Ohne zu überlegen, rannte ich wieder die Treppe hoch und aus dem Haus hinaus in den Park. Ich wollte nur weg.« Er war immer leiser geworden, jetzt verstummte er ganz.

Warum hat er keine Hilfe geholt? dachte Anna entsetzt. Der Sturz war doch ein Unfall.

Für einen kurzen Augenblick hatte John den alten Mann fassungslos angestarrt, dann ging er auf ihn los, packte ihn bei den Schultern: »Sie haben nichts gemacht, sind einfach weggelaufen? Warum? Warum keinen Arzt? Sie sind schuld am Tod meines Vaters!« Bei jedem Satz schüttelte er den Alten so heftig, daß dessen Kopf hin- und herschwankte. »Richard war tot! Das müssen Sie mir glauben, John! Er konnte nicht mehr gerettet werden!«

Alle schwiegen.

John ließ von Wilhelm ab und beruhigte sich. Langsam begann er die Stufen hinabzusteigen. Lange schaute er sich in der halbdunklen Eingangshalle um. Niemand sagte ein Wort. Dann kam John wieder die Treppe hoch, noch einmal wandte er sich an Wilhelm: »Sie betonen immer, daß er tot war. Das konnten Sie doch gar nicht beurteilen.«

Nach einer kurzen Pause fuhr Wilhelm mit seiner Führung fort. »Jetzt zeige ich euch den großen Sitzungssaal, in dem die Verhandlungen stattfanden.«

Sie stiegen in das zweite Obergeschoß. Der Sitzungssaal lag genau über dem Eingang des Gerichtsgebäudes an der Witzlebenstraße. Noch heute kann man von der Straße aus über den drei großen Fenstern die Inschrift »Reichsmilitärgericht« lesen.

Auch hier waren die Türen nicht geschlossen. Anna nahm jedes Detail in sich auf, ließ die Augen über den gut erhaltenen Jugendstilstuck, die Kronleuchter, die Holztäfelungen, die großen Fenster gleiten, während Wilhelm erklärte: »Der große Saal war völlig leer. Nur dort an der Schmalseite saß das Gericht, das in der Regel aus zwei Generälen, einem Admiral und zwei anderen Offizieren bestand. Rechts auf dem erhöhten Sitz saß der Chefankläger Roeder, unter ihm der Pflichtverteidiger. Hier an der Barriere stand Johanna, weitentfernt von ihm, so daß sie keine Möglichkeit hatte, Fragen zu stellen oder sich mit ihm zu beraten. Das war so üblich. Den Angeklagten war der genaue Inhalt der Anklageschrift unbekannt. Auch die Pflichtverteidiger wurden zum Teil erst einen Tag vor der Verhandlung unterrichtet. Zeugen wurden nicht vorgeladen, belastende Aussagen aus Protokollen vorgelesen. – Der Raum wurde übrigens kaum verändert in den Jahren danach.«

Wilhelm schluckte, er hatte einen trockenen Mund bekommen und konnte kaum noch sprechen. Jeder der Anwesenden spürte seine starke Anspannung. »An der Eingangstür saß immer ein Gestapokommissar. – Hier im Gerichtssaal fanden nur die Verhandlungen statt. Zu den Anträgen des Anklägers wurde die jeweilige Gruppe der Angeklagten zusammen hereingerufen. Sie mußten auf Stühlen Platz nehmen, die weit auseinanderstanden. Dann wurden die Strafanträge vorgelesen. Anschließend wurden die Gefangenen wieder gefesselt in ihre Gefängnisse zurückgebracht. Das Urteil selbst wurde am nächsten Tag in einem kleineren, extra dafür bestimmten Raum verkündet.«

Abrupt beendete er die Besichtigung, er wollte und konnte nicht mehr.

So gingen sie in gedrückter Stimmung schweigend den Gang zurück, stiegen wieder die Treppen hinunter – Frau Körner gestützt von John – und verließen das Gebäude. In dem Vorhof blieben sie stehen. Niemand sprach.

Martin gab dem alten Mann die Hand, der ihm aufatmend zunickte. Man kann ihm nicht böse sein, dachte Anna. Auch die anderen schüttelten jetzt Wilhelm die Hand. Nur John blieb abgewandt.

22

Am folgenden Dienstag zog Anna ihrem Sohn für den vormittäglichen Spaziergang im Park einen Pullover und die Gummistiefel an. Das Wetter hatte sich seit Sonntag nicht verbessert, die sommerliche Phase schien vorerst beendet zu sein. Jetzt war der Himmel trübe und die Luft kühl, außerdem hatte es die ganze Nacht geregnet. Auf den Wegen glänzten große Pfützen, bei jedem Windhauch tropfte es von den Bäumen und Sträuchern, und auch der Spielplatz mit den Rutschen und Klettergerüsten konnte wegen der Nässe nicht benutzt werden.

Anna fühlte sich niedergeschlagen wie nie zuvor. Der Gedanke an die tragischen Umstände, die zu Johannas und Richards und auch zu Gertrud Ellguths Tod geführt hatten, deprimierte sie sehr.

John war abgereist, gestern hatte sie ihn mit Martin zum Flughafen gebracht. Es war ein schmerzlicher Abschied gewesen, besonders auch wegen Johns Bericht über sein letztes Telefongespräch, das er mit der Kommissarin Waldau geführt hatte. Demnach könnte sein Vater bei sofortiger medizinischer Versorgung vielleicht noch am Leben sein.

Jetzt hatten die beiden Spaziergänger die kleine Kaskade unterhalb des Springbrunnens erreicht. Max kletterte in das leere Wasserbecken und lief dort umher. Anna wartete. Sie hob den Kopf, ließ ihren Blick über die dichten Baumkronen gleiten und atmete tief. Plötzlich fühlte sie sich getröstet, ohne recht zu wissen, warum.

Weil es wieder zu regnen begann, machten sie sich auf den Heimweg. Zu Hause zog Anna ihren Sohn aus, gab ihm einen Kuß auf seine kühle Wange und fragte: »Was wollen wir jetzt machen? Ein Buch lesen?«

Nach einer Weile klingelte das Telefon. »Ich komme gleich wieder«, meinte Anna und drückte Max das Buch über Petterson und den Kater Findus in die Hand.

Am Apparat war Wilhelm: »Guten Tag, Anna!«

Anna spürte, wie ihr Herz heftig klopfte. »Guten Tag, Herr Breithaus«, antwortete sie ihm, voller Angst vor der Frage, die nun unweigerlich kommen würde. »Ich wollte mich einmal erkundigen«, hörte sie auch schon Wilhelms zittrige Stimme, »ob John das Ergebnis der gerichtsmedizinischen Untersuchung erfahren hat? Die Kommissarin wollte ihn doch gestern noch vor seinem Abflug informieren. Hat er Ihnen etwas gesagt?« »Ja«, antwortete Anna und stockend teilte sie ihm mit, was sie wußte.

Eine kurze Pause, ein tonloses »Danke!«, dann hatte Wilhelm wieder aufgelegt.

Anna lehnte sich im Schreibtischsessel zurück. Wilhelm, dieser senile, freundliche alte Mann, der nichts Böses beabsichtigt hatte, mußte nun mit dieser schweren Schuld leben. Hätte sie ihn belügen sollen, sagen, daß Richard sofort tot war? Anna schüttelte den Kopf.

Plötzlich hörte sie Max laut »Mama! Mama!« rufen. Ganz gegen ihre Gewohnheit blieb sie einfach sitzen.

Epilog

Brief von Wilhelm Breithaus an Ursula Körner:

Berlin, den 20. August 2002

Liebe Ulla,
wenn Du diesen Brief liest, bin ich nicht mehr unter den Lebenden. Bitte, verzeih mir! Aber seit ich von Anna erfahren habe, daß ich es war, der vielleicht Richards Tod verursacht hat, kann ich nicht mehr so leben wie bisher.
In den vergangenen Wochen habe ich vergeblich versucht, mit dieser Schuld fertigzuwerden. Ich kann es nicht. Ich will es auch nicht mehr. Meine Lebenszeit ist jetzt abgelaufen. Ich bin froh über meinen Entschluß.
Auch von Joachim, deinem und meinem Sohn, habe ich mich mit einem Brief verabschiedet. Ich bin sehr glücklich darüber, daß mir am Ende meines Lebens die Möglichkeit gegeben wurde, mich mit ihm zu versöhnen.
Dir, liebe Ulla, danke ich für Deine Liebe und Wärme in den letzten Wochen, aber auch in den verschiedenen Abschnitten unseres Lebens, in denen wir uns begegneten.

In Liebe, *Wilhelm*

Todesanzeige in den Berliner Tageszeitungen:

Durch einen tragischen Verkehrsunfall
verloren wir unsern lieben Freund und Vater

Dr. Wilhelm Breithaus
11.3.1920 – 20.8.2002

In tiefer Trauer
Ursula Körner
Dr. Joachim Körner

Die Beisetzung hat in aller Stille stattgefunden.

Nachwort

Die handelnden Personen dieses Romans sind frei erfunden.

Nicht erfunden, sondern auf historischen Tatsachen beruhend, sind die Schilderungen des Lebens am Lietzensee in der Nazi-Zeit, die Ausführungen über die »Rote Kapelle«, die verschiedenen Widerstandsaktionen, das von Polizisten bemerkte Verteilen von Flugblättern ohne anschließende Festnahme, das »Stehlen« von Ausweisen von Bombenopfern, die Wehrmachtspaßstelle in der Cicerostraße, die Treffen der Bekennenden Kirche von Pfarrer Schlemmer von der Lietzensee-Gemeinde und anderes. Nichts davon ist ausgedacht, sondern alles dokumentiert in den Aufzeichnungen zahlreicher Zeitzeugen.

Die Gestalt der Johanna habe ich der jungen Widerstandskämpferin Cato Bontjes van Beek (1920-1942) nachempfunden (vgl. Hermann Vinke: »Cato Bontjes van Beek«, Zürich-Hamburg 2003). Die Daten der Festnahme und der Urteilsverkündigung Johannas, ihr anschließender Aufenthalt in den verschiedenen Gefängnissen, das abgelehnte Gnadengesuch und schließlich ihre Hinrichtung, das alles hat Cato in der Realität erlitten.

Die Beschreibung, wie die Prozesse und die Verurteilungen im Reichskriegsgericht erfolgten, stammt aus den Erinerungen von Greta Kuckhoff (vgl. »Vom Rosenkranz zur Roten Kapelle«, Berlin 1972), die als einzige von den Angeklagten der »Roten Kapelle« nicht zum Tode, sondern zu zehn Jahren Zuchthaus verurteilt wurde.

Irene Fritsch

Gneisenaustraße 2 · 10961 Berlin
www.transit-verlag.de

Umschlaggestaltung und Layout:
Gudrun Fröba
Druck und Bindung:
Pustet GmbH
ISBN 3-88747-217-9